Gewidmet den drei einflussreichen Damen

Katrin Benkart (schreibt man deinen Nachnamen so?)
Doreen   (sorry, Nachnamen vergessen ...)
Birgit Johann

Jan Werner

Familienaffären

Erotische Erzählungen

2. Auflage März 2019
© 2018 Jan Werner
Satz und Layout: Jan Werner
Lektorat: Eugenie Dsos
Umschlaggestaltung: Andrea Werner
Titel-/Rücktitelbild: © by Expensive – Shutterstock
Buchrückenbild: © by FXQuadro – Shutterstock

978-3-7482-5217-7 (Paperback)
978-3-7482-5218-4 (Hardcover)

www.jan-werner.net
Herstellung und Verlag:
Tradition GmbH, Hamburg

Bibliografische Information der Deutschen Nationalbibliothek:

Die Deutsche Nationalbibliothek verzeichnet diese Publika-
tion in der Deutschen Nationalbibliografie; detaillierte bibliografische Daten sind im Internet über www.dnb.de
abrufbar.

Inhaltsverzeichnis

LEIBESVISITATION

Vivian schlenderte Richtung Lebensmittelabteilung des *Kaufhaus des Südens*. Auf dem Weg dorthin blieb sie mal hier, mal dort lustlos vor diversen Regalen mit Bettwäsche und Kissen stehen. Sie hatte nicht vor hier einzukaufen. Der einzige Grund, warum sie hier war, war ihre unbändige Lust auf Sex. Schon auf dem Weg ins Untergeschoss, wo sich neben der Lebensmittel- auch die Bettenabteilung befand, war ihr wieder einmal der gutaussehende Kaufhausdetektiv aufgefallen, den sie von ihren vielen Streifzügen durch dieses Haus allzu gut kannte. Von Anfang an hatte sie gewusst, welche Funktion dieser junge Mann hier ausübte. So wie sie, schlenderte er mehr lustlos als motiviert durch die Gänge, blickte immer wieder über die Regale hinweg zu anderen Kunden, ging manchmal jemandem nach und schielte schon mal unauffällig im Vorbeigehen in Umhängetaschen.

Wie dem auch sei, er sah prächtig aus, mit seinen halblangen, nach hinten gekämmten Haaren, seinen breiten Schultern und dem Dreitagebart. Vivian war, als sie die Rolltreppe ins Untergeschoss betreten hatte, dicht an ihm vorbeigegangen. So dicht, dass sie ihn sogar kurz gestreift hatte. Natürlich hatte er dabei Notiz von ihr genommen und war ihr in sicherem Abstand gefolgt. Ob er sich einen Flirt erhoffte, oder ob er in ihr nur ein freches Mädchen sah, das jeden Moment etwas mitgehen ließ? Vivian war es gleich, denn sie hatte schon beim Aufstehen heute früh gewusst, dass es mal wieder Zeit für ein Abenteuer war. Womöglich hatte sie in der Nacht einen erotischen Traum. Da sie sich aber selten an ihre Träume erinnerte, konnte sie es nicht mit Gewissheit sagen – nur, dass sie seit sechs Uhr morgens dauererregt war. Immer nur Hand anzulegen, war auf Dauer nur halb so aufregend und befriedigend. Deshalb galt ihre Motivation, hier und heute durch das Kaufhaus zu bummeln, einzig dem Vergnügen, sich vom Ladendetektiv ficken zu lassen.

Manuel war das Mädchen schon oben an der Rolltreppe aufgefallen. Als sie eben dicht an ihm vorbei gegangen war, hat er den blumig-frischen Shampoo-Duft an ihr wahrgenommen und war sofort von ihr verzaubert gewesen. Zudem sah sie ausgesprochen süß aus. Ihr knappes Outfit trug außerdem dazu bei. Aber wobei, sexy träfe es besser. Dennoch strahlte sie so etwas wie eine kindliche Naivität aus. Er kannte sich da aus, auch wenn er selbst noch nicht viel Erfahrung mit Mädchen oder Frauen gemacht hatte. Aber seine Schwester hatte ihn, als er zu pubertieren begann, äußerst gewissenhaft in Theorie und Praxis aufgeklärt.

Jetzt war er zwanzig und hatte wieder mal keine Freundin. Warum also nicht dem schönen Mädchen nachlaufen, um eine günstige Gelegenheit abzuwarten?

Im Untergeschoss blickte er sich um und sah sie die Lebensmittelabteilung betreten.

Mit zwölf Jahren hatte Vivian das ein oder andere Mal geklaut. Auch und ganz besonders gerne in diesem Kaufhaus. Daher wusste sie, dass sich das Büro des Ladendetektivs hier im Untergeschoss befand und dass dieser das Büro allein nutzte. Die anderen Detektive im Haus arbeiteten auf Stundenbasis und wechselten zwischen den Geschäften in der ganzen Stadt.

Beste Voraussetzungen also für ihr Vorhaben, zumal er ihr bereits gefolgt war und sie nun im Auge behielt. Und Vivian tat alles, um seine Aufmerksamkeit nicht zu verlieren. Spätestens seit sie bei den teuren Spirituosen angelangt war, hatte sie ihn ganz für sich. Ob es auch daran lag, dass sie zu ihrem unschuldig-weißen, ärmellosen Top einen unverschämt kurzen Rock trug, den man getrost als einen breiten Gürtel bezeichnen könnte, konnte sie nur erahnen. Aber bestimmt tat das sein Übriges dazu. Auch wenn es angesichts der Rocklänge riskant war, so hatte sie sich dennoch entschieden, keine Unterwäsche anzuziehen – was natürlich seinen Grund hatte. Bislang hatte sie es erfolgreich vermeiden können, sich zu bücken, denn dieses Geheimnis war nicht für jedermann bestimmt.

Manuel blieb an ihr dran. Er musste sich dazu ermahnen, dem verführerischen Mädchen nicht die ganze Zeit auf ihre schlanken Beine zu starren. Es musste der Eindruck gewahrt werden, er täte hier professionell seinen Job und wäre an einer potentiellen Diebin dran.

Er folgte ihr in die Süßwarenabteilung.

Seine Schicht hatte eben erst mit Ladenöffnung begonnen und würde bis heute Nachmittag dauern. Er könnte sie fragen, ob sie ihn dann auf einen Kaffee abholte.

Als das Mädchen sich plötzlich umwandte, trat Manuel schnell an ein Regal heran und tat beschäftigt.

Vivian verweilte bei den offenen Auslagen für die teuren handgemachten Pralinen. Der attraktive Kaufhausdetektiv stand nur wenige Meter von ihr entfernt und tat so, als studiere er die Preise der exklusiven Öle im Regal daneben.

Manuel riskierte einen Seitenblick und blieb dabei an ihren langen blonden Haaren hängen.

Vivian entging sein verzehrender Blick nicht. Ungeniert nahm sie eine Champagner-Trüffelpraline mit weißer Schokolade, führte sie an ihren Mund und stupste sie verspielt mit ihrer Zungenspitze an.

Dem Kaufhausdetektiv gefiel nicht, was er sah. Obwohl, so wie sie die Praline anleckte, gefiel es ihm sehr wohl. Nur, die Tatsache, dass sie sich womöglich gleich als Ladendiebin entpuppte, würde es kompliziert machen, mit ihr nachher einen Kaffee trinken zu gehen.

Vivian schob sich die Praline in den Mund. Genüsslich ließ sie sich die Leckerei auf der Zunge zergehen. Der Prachtkerl von einem Mann hatte es gesehen, unternahm aber nichts. Ob er Scheu vor ihrer Schönheit hatte? Vivian hat sich nachsagen lassen, dass sie mit ihren puppenhaft zarten Gesichtszügen und ihren strahlend blonden Haaren von nicht wenigen Jungs und Männern, und sogar Frauen, regelrecht vergöttert wurde. Das hatte sich oft darin bestätigt, dass all die hübschen Kerle sie vorschnell mit Liebesschwüren einzulullen versuchten, und sich beim Sex vor lauter Anbetung unbeholfen ans Werk machten und dann viel zu schnell kamen. Wobei die Alphatiere unter ihren Sexpartnern sich im Bett mehr um sich selbst kümmerten und sich einfach lieblos nahmen, was ihnen zuzustehen schien. Der Sex mit unattraktiven, gar dickbäuchigen Männer hingegen, hatte sie zu Beginn überrascht, da diese Art von Sexpartnern einem nicht gleich die Liebe gestanden, sondern sich Mühe gaben, nicht zuletzt auch um ihre eigenen Komplexe damit zu überspielen.

Der Verzehr von Lebensmitteln im Laden war nicht gestattet. Und wenn man es doch tat, weil beispielsweise das nörgelnde Kind nicht eher Ruhe gab, konnte man die leere Verpackung an der Kasse vorzeigen und entsprechend bezahlen. Aber Manuel zweifelte daran, dass dieses freche Ding dies vorhatte. Bevor er einschritt, wollte er aber noch etwas abwarten.

Vivian nahm sich eine Trüffelpraline mit Rote-Beeren-Cremefüllung. Sie liebte Pralinen. Mit dieser Süßigkeit ließen sich nette Schandtaten anstellen, was sie dem Detektiv unbedingt zeigen wollte. Bei dem Gedanken daran, spürte sie, wie sich erste Säfte in ihrer Möse bildeten.

Manuel wandte sich von dem Regal mit den Ölen ab, wollte Präsenz zeigen und gesellte sich daher mutig zu ihr an die Pralinentheke. Er glaubte nicht, dass sie die Pralinen bezahlen würde. Ausspucken würde sie sie aber sicher auch nicht. Wenn sie clever war, müsste sie erkannt haben, dass er der Ladendetektiv war. Mal sehen, was sie als Nächstes tat.

Vivian freute sich, dass er zu ihr kam. Aber sie wollte ihm keine Gelegenheit geben, sie abzuführen, bevor sie ihm nicht ein prickelndes Schauspiel geboten hat. Sie nahm sich schnell eine beliebige Praline und führte sie unter ihren knappen Rock. Da der Detektiv auf der anderen Seite der Theke stand, konnte er nicht sehen, wie sie sich die Schokokugel in ihre mittlerweile nasse Körperöffnung eingeführt hat. Doch als ihre Hand wieder zum Vorschein kam, hielt sie zumindest keine Praline mehr darin. Taschen hatte der kleine Fetzen Stoff keine ...

Manuel war ... ja, was? Entsetzt? Fasziniert? Auf jeden Fall aber überrascht. Seine Augen weiteten sich. Schnell blickte er sich um, ob es auch niemand sonst gesehen hat. Doch zu dieser frühen Stunde trieben sich noch nicht viele Kunden in der Lebensmittelabteilung herum.

Vivian nahm noch einmal eine Praline – mit Rum-Füllung – die sie ebenso in ihrem heißen Schritt verschwinden ließ, auch wenn sie es diesmal provokant langsam vollführte. Dann leckte sie sich lasziv ihre Finger ab und saugte aufreizend an ihnen – wie in einem billigen Porno.

Manuel musste schwer schlucken. Seit den wenig unschuldigen Spielen mit seiner Schwester, hat er nie wieder so ein unverschämt ungezügeltes Gör erleben dürfen. Aber ob er wollte oder nicht – wobei, im Grunde wollte er es ja unbedingt – musste er die Ladendiebin zur Rede stellen.

Er kam um die Theke herum und räusperte sich.

»Ich ... konnte mitansehen, dass Sie hier Pralinen ... äh, klauen«, sagte er etwas unbeholfen.

Vivian setzte ein freches Grinsen auf und entblößte dabei ihre makellosen Zähne. »Klauen? Ich probiere doch nur. Vielleicht kaufe ich ja dann welche«, sagte sie kokett und mit verführerischem Augenaufschlag.

Der Detektiv räusperte sich abermals.

»Und ... also, die Pralinen ... « Er blickte an ihrer schlanken Gestalt herab und erst jetzt fiel ihm auf, dass sie gar keine Handtasche dabeihatte, in der die Pralinen hätten verschwinden können. »Sie haben sie ... irgendwo ... hingetan?«

Vivian nickte mit einem verführerischen Grinsen.

Manuel fuhr sich mit einer Hand übers Gesicht. Wo waren die Pralinen abgeblieben? Und wo war nur seine schwindende Contenance? Nein, die einzig plausible Erklärung mochte er nicht in Betracht ziehen. Es konnte doch nicht sein, dass ein junges Mädchen (war sie überhaupt schon volljährig?) das Diebesgut ...

Süß, wie er versuchte seine Fassung zu bewahren. Vivian wollte das Spiel bis aufs Äußerste treiben, sie hatte schließlich noch einiges vor mit ihm. Daher nahm sie sich noch eine alkoholische Praline, schob sie sich dieses Mal aber zuerst in den Mund, um sie dann wieder, speichelglänzend, zurück in die Hand gleiten zu lassen. Dabei blickte sie ihm tief in die Augen. Der sichtlich verwirrte Detektiv hielt ihrem Blick stand, sah ihr dabei aber aufgeregt von einem Auge ins andere. Vivian senkte ihren Arm und ließ ihre Hand mit der angeschmolzenen Praline abermals unter ihrem Rock verschwinden. Kurz ging sie leicht in die Knie und führte sich dann die dritte Schokokugel ein. Sie ging dabei einen Schritt weiter und entließ währenddessen ein gehauchtes Stöhnen. Außerdem entfaltete der Alkohol, der in ihrem Leib geschmolzenen Trüffelpralinen langsam seine Wirkung.

»Ist das Diebstahl, Herr Wachtmeister?«

Sie hatte es wieder getan, direkt vor seinen Augen! Ob sie *unter* dem Rock ein kleines Täschchen hatte? So musste es sein! Dennoch erregte ihn der unverschämte Gedanke weitaus mehr, sie könne all die Leckereien in ihrem Körper ... Seine Hose beulte sich im Schritt.

»Ich ... äh ... «

Hoffentlich ergoss er sich nicht gleich in seine Jeans. Vivian wollte noch ein bisschen Spaß mit ihm haben, daher hob sie ihm nun ihre Hände entgegen und legte ihre Handgelenke aneinander.

»Verhaften Sie mich.«

Manuel machte noch immer keine Anstalten, war perplex, begann leicht zu schwitzen und sah sich einmal mehr in dem Laden um. Noch immer niemand da, der sie beobachtete.

»Bitte«, drängte sie ihn und biss sich auf die Unterlippe.

Der Detektiv gewann etwas an Fassung zurück, nahm das Mädchen bei den Händen und zog sie mit sanfter Gewalt mit sich. Er musste seine Fassung wiedererlangen.

Vivian spürte zum ersten Mal, wie erregend es sein konnte, abgeführt zu werden. Sie fühlte den Druck seiner kräftigen Hände und es machte sie an. Plötzlich ließ er sie los und deutete auf das Ende des Ganges. »Hier entlang, bitte.«

Manuel war sich der Überwachungskameras bewusst geworden und hoffte, sein Chef möge nicht ausgerechnet jetzt vor dem Computer sitzen und sie beobachten. Er tat dies immer dann, wenn er ein Päuschen einlegte, um einen Kaffee zu trinken, oder wenn er einfach ein wenig seine Mitarbeiter kontrollieren wollte. Normalerweise oblag es Manuel, die Monitore in seinem Büro im Auge zu behalten, wenn er nicht gerade im Haus unterwegs war.

Vivian ging voraus. An der Decke erkannte sie Überwachungskameras, und der Gedanke, sie könnten beobachtet werden, erregte sie. Sie musste ihre Beckenbodenmuskeln anspannen, damit die Schokosoße nicht in einem einzigen Schwall mit ihrem eigenen Saft aus ihr herausfloss.

Am Ende des Ganges blieben sie vor einer Stahltür stehen. Der Detektiv entsperrte die Tür mit einem Chip und schwang sie auf. Er bedeutete ihr einzutreten.

Ein Kribbeln überkam Vivian, als sie das Büro betraten. Es wanderte ihren Rücken abwärts und bescherte ihr eine Gänsehaut. In dem Büro stand nur ein einfacher Schreibtisch, beladen mit einem Computer mit zwei Monitoren, und ein Drehstuhl. An den nackten Sichtbetonwänden hingen nur ein über-großer Terminkalender und ein Dienstplan. Mitten im Raum blieb Vivian stehen und zwirbelte unschuldig eine blonde Strähne zwischen ihren Fingern.

Manuel ließ die Tür ins Schloss fallen und blieb eine halbe Armlänge hinter ihr stehen. Am liebsten hätte er sie mit seinen Armen umschlungen, von hinten ihre Brüste gedrückt und sie zärtlich in den Hals gebissen. Stattdessen betrachtete er sie in Ruhe von oben bis unten und blieb dann an ihrem Nacken hängen, mit dem zarten blonden Flaum auf ihrer hellen Haut. Genüsslich sog er ihren Shampoo-Duft ein.

Vivian fragte sich, was nun kommen mochte. War der Detektiv so von ihrer Schönheit überwältigt und zu schüchtern sie von vorne zu betrachten? Vielleicht würde er ja gleich schon kommen. Vivian grinste in sich hinein. Sie musste das Ruder wieder übernehmen.

»Wollen Sie denn gar nicht wissen, wo ich die Pralinen versteckt habe?«

Sie glaubte seinen Atem im Nacken zu spüren, ihre Härchen richteten sich auf. War er einen Schritt näher an sie herangetreten? Sie drehte sich jetzt um und ihre Nasenspitzen waren nur eine Handbreit voneinander entfernt. Ihre Blicke trafen sich.

Manuels Herz fing kräftig zu schlagen an.

»Vielleicht tragen Sie eine Tasche unter-«

»Nein«, unterbrach sie ihn, hob ihren kurzen Rock an und zeigte ihm unverhohlen ihren bloßen Unterleib.

Aber was machte der Mann? Oder besser, was ma-chte er *nicht*? Er machte keine Anstalten seinen Blick zu senken. Sie bedeutete ihm mit ihren Augen und einem Kopfnicken, nach unten zu sehen.

Manuel kam der Aufforderung nach und sein Blick heftete sich an ihren rasierten Schritt.

»Sind alle da drin«, sagte Vivian mit zuckersüßer Stimme, ließ den Rocksaum los und setzte sich in einer lasziven Bewegung auf den Drehstuhl. »Sie brauchen sie bestimmt zur Beweissicherung.« Sie lächelte.

Manuel konnte sich glücklich schätzen, dass sein Chef noch keine Kameras hier im Büro installiert hatte. Unterdessen schaltete sein Herz einen Gang höher.

Vivian erkannte eine gewaltige Beule in der Hose des Detektivs. Ein bisschen würde er aber noch durchhalten müssen.

»Auf geht's, Leibesvisitation!«, forderte sie ihn frech auf.

Schweiß bildete sich auf Manuels Stirn, als er nähertrat. Wenn ihn seine Schwester jetzt sehen könnte ... Wobei, was wäre sie dann? Stolz auf ihn, oder doch eher belustigt, weil er sich so zierte?

»Wo sind die Pralinen, hm?«, fragte Vivian kokett.

Sie lehnte sich in dem Drehstuhl vor.

Manuel baute sich mit mühsam erzwungenem Ernst vor ihr auf und tat, was man bei einer Leibesvisitation eben machte. Er beugte sich leicht vor und tastete zunächst zaghaft ihre Seiten ab. Dabei beobachtete er sie genau. Natürlich war es witzlos, trug sie doch ein hautenges Top, dass sich nirgendwo verräterisch beulte. Da er aber nicht wusste, wie weit er gehen konnte, vollzog er seine Arbeit weiterhin professionell – oder sagen wir, keusch.

»Kalt«, sagte Vivian. »Vielleicht hier?« Sie zeigte auf ihren Busen.

Manuel räusperte sich. Was war bloß heute mit seinem Hals los? Vorsichtig umschloss er ihre Brüste und drückte sie sanft. Er spürte die Weichheit ihrer kleinen Äpfelchen.

»Reingelegt!«, lachte sie und lehnte sich genüsslich in dem Drehstuhl zurück. »Bleibt nur noch ... « Vivian öffnete ihre Beine so weit, dass der Rock spannte und der Saum daraufhin ihre Schenkel hochrutschte. »Nachsehen!« Es gefiel ihr, ihm Kommandos zu geben.

Manuel fragte sich, ob er die Tür hinter sich verschlossen hatte. Dann fiel ihm ein, dass es keine Rolle spielte, man kam nur mit einem Chip herein. Und außer ihm hatten nur der Hausmeister und sein Chef einen solchen. Der Hausmeister war gerade dabei, in der Abteilung für Damenoberbekleidung die Deckenverkleidungen auszutauschen. Was sein Chef allerdings gerade machte, vermochte Manuel nicht zu sagen. Er hoffte nur inständig, man möge ihn jetzt nicht stören. Allerdings meldete sich für einen Moment sein Verstand zu Wort. Wenn das Mädchen tatsächlich noch minderjährig war ... Er betrachtete ihre makellosen Beine und ihre feucht glänzende Scham dazwischen. Sie trug kein Tattoo, was auf ihre Volljährigkeit hätte hindeuten können. Ob er sie nach ihrem Alter fragen sollte? Nein, sie war hier um *ihn* zu verführen, sie wird schon wissen, was sie tut. Sicherlich ist sie mindestens achtzehn!

Der Detektiv ging zwischen ihren Beinen in die Knie, und begann damit, sie von ihren zarten Fesseln aufwärts abzutasten. Vollkommen sinnlos, aber eine prickelnde Erfahrung.

Vivian durchströmten Schauer der Erregung. Er hatte schöne, feingliedrige Hände und wusste sie erstaunlich geschickt einzusetzen – für einen sonst so unbeholfenen Typen.

Wie angenehm glatt und weich ihre Haut doch war, dachte Manuel.

»Nichts«, sagte er dann, als er bei ihren Knien angelangt war. Er rang sich so etwas wie ein verschmitztes Grinsen ab.

Na also, jetzt hatte sie ihn. »Und weiter oben?«

Er schluckte schwer, legte seine Hände wieder auf ihre Knie, ließ sie ohne zu zögern höher wandern und betastete forsch ihre straffen Oberschenkel. Noch etwas höher kam er am Bund des Rocks zu ihren Hüftknochen und suchte fragend ihren Blick.

»Auch nichts«, sagte er.

»Weiter«, hauchte Vivian und funkelte ihn aus glasigen Augen an.

Manuel hatte jetzt jegliche Scheu abgelegt, als er mutig mit einer Hand über ihren glatten Schamhügel strich. Er erkannte an ihren nassen Schamlippen ein Rinnsal geschmolzener Schokolade.

»Kann es sein, dass Sie die Pralinen in ... also, in Ihrem Körper nach draußen schaffen wollten?«

»Wie kommen Sie denn darauf?« Vivian lächelte frech.

»Man könnte sagen, ich habe einen Beweis gefunden.«

»Wo?«

»Genau an Ihrer-«

»Zeigen!«

Der Detektiv stupste mit einem Finger zart gegen ihre Schamlippen und fuhr dann mit der Fingerspitze durch ihre Spalte, um etwas von dem Schokomösensaft aufzufangen.

»Hmmm«, machte Vivian vor Erregung.

Stolz präsentierte er ihr seinen benetzten Finger.

»Und?«, meinte sie, weiterhin dreist grinsend.

»Wie, und?«

»Probieren – ob es auch wirklich Schokolade ist.«

Der Mann führte den Finger zu seinem Mund und leckte ihn ab.

»Nun?«

Als sein Finger wieder blank war, sagte er: »Schokolade. Unter anderem.«

Vivian legte ein reuiges Gesicht auf. »Ich gestehe! Hat ja jetzt keinen Sinn mehr. Ich will es wieder gut machen und gebe Ihnen die Pralinen zurück«, sagte sie, lehnte sich leicht vor und nahm seinen Kopf in beide Hände. »Holen Sie sie sich.«

Manuel ließ es geschehen. Er würde alles machen, was dieses versaute Gör verlangte. Außerdem kam er dabei ja auch auf seine Kosten. Manuel mochte Schokolade. Und er mochte süße Pussys.

Vivian rutschte auf dem Kunstleder nach vorne.

Der Detektiv ließ sich seinen Kopf von Vivian in ihren Schritt drücken und nahm gierig alles auf, was ihm entgegenfloss. Und Vivian presste, als müsse sie pinkeln, um auch die letzten Schokotropfen in seinen Mund laufen zu lassen. Aber außer Soße war von den Pralinen ohnehin kaum mehr etwas vorhanden, so heiß war es zwischenzeitlich in ihrem engen Loch, das unter seinen Zungenschlägen zu pulsieren begann. Ihr Schoß krampfte leicht zusammen, es schien, als würde sie bald kommen. Doch so sollte es nicht passieren.

»So«, sagte sie, »alles zurückgegeben. Jetzt zeig mir mal, wie sehr dich das geil gemacht hat!«

Manuel richtete sich auf, auch wenn er nicht wusste, was sie von ihm wollte.

Vivian öffnete seine Hose und zog unvermittelt seinen prallen, rotglühenden Schwanz hervor.

Ohne Umschweife nahm sie ihn in den Mund, als wäre es das Normalste auf der Welt, fremde Schwänze zu lutschen.

»Oh Gott...«, brachte Manuel nur hervor und legte seinen Kopf in den Nacken. Es fühlte sich herrlich an. Seine letzte Freundin mochte Oralsex nicht sonderlich. Zuletzt hatte er es vor Jahren mit seiner Schwester erlebt und seitdem fast vergessen, wie es ist, wenn an der empfindsamen Eichel gesaugt wurde.

Vivian nahm sein Glied fast in voller Länge auf, saugte kräftig an ihm und massierte dabei seine Hoden.

Manuel stöhnte ungehalten. »Lange halte ich es nicht aus ... «

Schnell ließ Vivian von ihm ab, wollte nicht zum Schluss kommen, bevor sie nicht selbst einen Orgasmus hatte. Und wer wusste schon, wie lange sie hier noch ungestört rummachen konnten? Also stand sie von dem Stuhl auf, setzte sich auf die Kante des Schreibtisches und spreizte ihre Beine weit.

»Spieß mich auf!«, verlangte sie von ihm.

Manuel positionierte sich vor ihr, führte sein Glied in ihren Schritt und spielte mit seiner Eichel an ihren Schamlippen herum, fuhr den Spalt auf und ab, stupste leicht in sie, klopfte seine Schwanzspitze immer wieder gegen ihre Klit.

Vivian stöhnte lustvoll. Ihre Schamlippen schwollen an und versprühten heiße Funken in ihrem Unterleib.

Manuel drang vorsichtig in sie ein, nur wenige Zentimeter, zog sich dann wieder zurück, nur um das Spiel erneut zu wiederholen. Mit jedem Mal kam er tiefer. Sie fühlte sich herrlich eng an und dennoch war es ein leichtes, ihr Fleisch zu dehnen, so nass wie sie war.

Vivians Stöhnen wurde lauter. Manuel hielt ihr eine Hand auf den Mund, doch Vivian biss hinein. Ihr entfuhr ein kurzer spitzer Schrei. Manuel drückte daraufhin seine Lippen auf ihre, öffnete den Mund, um mit seiner Zunge in den ihren vorzudringen, und versenkte dann seinen Schwanz in voller Länge in ihrem Loch. Vivian stöhnte tief in seinen Mund hinein und erwiderte das wilde Zungenspiel.

Dann hob sie ihre Beine an und legte sie dem schönen Detektiv auf die Schultern.

Er kam nun tiefer in sie und war überrascht, wie lange er doch durchhielt. Er wollte sich vor dem Mädchen keine Blöße geben. Seine Stöße wurden schneller, seine Lenden prallten hart gegen ihre Schenkel. Zu ihrem Stöhnen mischte sich seines, bis sie sich im Rhythmus anpassten. Die ganze Zeit pressten sie ihre Lippen fest aufeinander, um nicht allzu laut zu werden.

Vivian krallte ihre Hände in den Haarschopf des jungen Mannes und dieser packte sie fest an den Hüften und zog sie bei jedem Stoß hart zu sich.

Die Funken in Vivians Unterleib entfachten ein Feuer, dass sich ihre Eingeweide hoch fraß und eine Hitze in ihr freisetzte, die sie schmelzen ließ.

Manuels Hoden zuckten. Ein Ziehen erfasste seinen Schwanz, der bereits hart pochte.

Ihr beider Stöhnen wurde schneller. Vivian zog an seinen Haaren, Manuel trieb seine Fingerspitzen tiefer in ihre Hüften. Ihre Möse krampfte um seinen Schwanz. Das Feuer schoss ins Lustzentrum ihres Hirns. Sie kam heftig und spürte gleichzeitig etwas heißes stoßweise in sie spritzen.

Manuel wurde von einem gewaltigen Orgasmus erschüttert, pumpte in kräftigen Stößen sein Sperma in das Mädchen.

Vivian ächzte langanhaltend, als sie ihren Mund von ihm löste, ihn umklammerte und für einen Moment fest an sich drückte, während sie ihren letzten Zuckungen nachspürte.

Nachdem Manuel seinen letzten Tropfen verschossen hatte, fuhr er mit den Händen durch ihr seidig-weiches Haar und sog ihren sinnlichen Duft ein.

»Übrigens«, sagte er noch schwer atmend, »ich heiße Manuel.«

Vivian löste sich von ihm, drückte ihn von sich weg, sodass sein erschlaffendes Glied aus ihr herausglitt. Zeit zu gehen. Sie wollte nicht, dass er glaubte, zwischen ihnen ginge jetzt etwas.

»Kann ich ja nix für«, sagte sie deshalb abweisend, rutschte vom Schreibtisch und richtete ihre Kleidung. »Nichts für ungut, es war richtig geil, aber ich glaube, dabei sollten wir es belassen. Und mach dir keinen Kopf wegen meines Alters. Ich weiß, was ich tue. Und keine Sorge, ich nehme die Pille. Aber das hättest du ja mal vorher fragen können, du Hengst.« Sie lächelte ihn an.

Manuel hätte sicher nicht erwartet, dass jetzt was aus ihnen werden würde, höchstens irgendwann einmal nach mehreren Dates. Wobei, wozu noch ein

Date, wenn man schon ungeniert Sex hatte. Entweder war man dann zusammen, oder eben nicht. Und so wie es aussah, blieb er weiterhin Single.

»Bist aber ein ganz prächtiges Kerlchen«, sagte sie aber wie zum Trost und ging dann einfach aus dem Büro. Sie musste unbedingt die Toiletten aufsuchen, um sein Sperma loszuwerden. So ohne Slip würde sie sonst nicht weit kommen, ohne eine Spur hinter sich herzuziehen. Sie musste breit grinsen.

Manuel verstaute sein Glied, setzte sich dann an den Schreibtisch und blickte auf den Bildern der Überwachungskamera dem schönen Mädchen nach. Er wusste nicht einmal ihren Namen. Aber vielleicht käme sie ja mal wieder, als Kundin.

Und mittlerweile war er sich sicher, dass er es unbedingt seiner Schwester erzählen musste.

ENDSTATION

Emma Stetter fuhr mit dem 118er Bus nach einem feuchtfröhlichen Treffen mit ihrer besten Freundin Isabella nach Hause. Es war wie so oft spät und – wie so oft – ein alkoholreicher und prickelnder Abend geworden. Es war daher nicht verwunderlich, dass sie in der letzten Sitzreihe bald eingeschlafen und irgend-wann zur Seite gekippt war, sodass der Busfahrer sie im Innenspiegel nicht mehr sehen konnte. Vermutlich war das der Grund, warum der Bus mit ihr als blindem Passagier schließlich im Depot ankam.

Walter, der Busfahrer, machte, nachdem er den richtigen Stellplatz in der Fahrzeughalle angesteuert hatte, den Motor aus, legte ächzend die Bremse ein und kam aus seiner Kabine. Er ging den Gang entlang nach hinten, um nach vergessenen Dingen wie Schirmen, Jacken oder Handtaschen zu sehen. Man mochte kaum glauben, was Fahrgäste so alles liegen ließen. Unter den Fundsachen befand sich schon mal eine komplette Beinprothese oder eine Tasche mit zehntausend Euro – welche sich später leider als Falschgeld entpuppt hatten.

Walter war müde. Es war halb zwei in der Nacht und endlich hatte er Feierabend. Er freute sich auf eine Halbe, denn sofort ins Bett fallen konnte er in der Regel nicht, stattdessen musste er erst bei ein wenig seichter TV-Berieselung und dem besagten Bier abschalten.

Bei der letzten Sitzreihe angekommen musste er feststellen, dass er unwissentlich einen Fahrgast mit ins Depot genommen hatte.

Eine Frau. Wie ärgerlich. Das würde seinen Feierabend verzögern.

Die Frau schlief seelenruhig und unbekümmert. Walter betrachtete sie eingehend und entschied, dass sie reizend aussah, mit langen dunklen Haaren, die teilweise ihr Gesicht bedeckten. Dennoch konnte er feine Gesichtszüge erkennen. Und schlank schien sie zu sein, soweit er es unter ihrer Kleidung ausmachen konnte. Zu einem knielangen, dunkelbraunen Rock trug sie ein graues Oberteil, darüber ein dünnes tailliertes Jäckchen. Der Rock war etwas über ihre Knie hochgerutscht und Walter erkannte in dem kalten Neonlicht der Hallenbeleuchtung, die durch die Fenster eindrang, den seidenmatt-bronzefarbenen Ton ihrer Haut.

Aber es half nichts. So sehr er ihren Anblick genoss, er musste sie wecken. Sachte berührte er sie an der Schulter. »Guten Morgen, die Dame.«

Doch Emma rührte sich nicht.

Er fasste sie an der schmalen Hüfte, schüttelte sie leicht und spürte dabei ihren Hüftknochen.

Sie blinzelte, hob ihren Kopf und sah ihn an.

»Endstation. Sozusagen«, erklärte Walter. »Um genau zu sein, sind wir bereits im Depot. Ich muss sie vorhin übersehen haben, entschuldigen Sie.«

»Ach herrje«, erwiderte sie und richtete sich auf.

Walter trat einen Schritt zurück und die Frau erhob sich von den Sitzen. Er ging bereits zur Tür, als er plötzlich innehielt. »Wie kommen Sie denn jetzt nach Hause? Ich fürchte, ich muss Ihnen ein Taxi rufen. Allein kann ich Sie hier nicht gehen lassen.«

Walter hätte natürlich die Möglichkeit, sie in seinem Auto mitzunehmen, aber er wollte sich ihr nicht aufdrängen und daher zunächst abwarten, wie sie mit der Situation umging. Ansonsten blieb nur das Taxi. Aber wenn er ehrlich war, würde er sie nur zu gerne mitnehmen.

Emma richtete ihre Kleidung und strich sich das Haar aus dem Gesicht.

»Wie fürsorglich. Aber für ein Taxi habe ich nicht genug Geld dabei«, sagte sie und machte keine Anstalten zur Tür zu gehen. Wie sollte sie nur nach Hause kommen?

»Hm. Das ist blöd«, stellte Walter fest.

Emma kam eine Idee. Sie trat an den Busfahrer heran und setzte ihr charmantestes Lächeln auf.

»Sie sind doch bestimmt mit dem Auto da.«

Walter nickte.

»Wären Sie so freundlich, mich mitzunehmen?« Emma blinzelte verführerisch.

Walter überlegte. Das wäre gegen die Arbeitsbestimmungen, er ging damit ein gewisses Risiko ein. Andererseits ... »Das kostet dich aber was.« Er grinste anzüglich.

»Ich sagte doch, dass ich kein Geld-«

»Wer redet denn von Geld? Du willst etwas von mir und ich ... weiß, was du mir dafür geben könntest.«

Walter strich ihr langsam über das Haar. Wie fein und weich es war. In seiner Hose regte sich sein Schw-anz.

Emma war nicht entgangen, dass der Busfahrer sie jetzt duzte.

»Meinen ... «

Walter nickte. »Körper.«

Emma blickte an sich herab und sah sich dann durch die Scheiben hindurch um, ob noch jemand in dem Depot war.

Walter entging das nicht. Ob sie nach anderen Kollegen Ausschau hielt? Nach jemandem, der sie aus dieser Notlage befreite? Aber hier war niemand mehr, seine Tour war die letzte. Walters Härte nahm zu und pochte hart gegen seine Hose.

Anstatt sich nach Hilfe umzusehen, hoffte Emma eher, dass ihnen niemand zusah, denn der Gedanke, sich von einem Fremden hier im Bus missbrauchen zu lassen, machte sie auf befremdliche Weise an. Es irritierte sie. Aber sie ließ es zu, spürte, wie sie begann zwischen den Beinen feucht zu werden. Dennoch war sie sich unsicher, hinsichtlich seiner Absichten und ob sie heil aus der Sache herauskam. Zögernd zog sie ihr Jäckchen aus und legte es über eine Sitzlehne.

Was soll's.

»Okay«, sagte sie und sah ihn demütig von unten herauf an. »Was muss ich machen? Ihnen einen ... blasen?«

Walter kam eine Idee. Er hob die Hand.

»Moment«, sagte er und verschwand nach vorne zur Fahrerkabine, beugte sich hinein, wühlte klappernd in etwas herum und kam dann zurück – mit einer Rolle Klebeband in der Hand.

Emma ahnte, was nun kommen sollte. Ihr erster Impuls war es, die Tür notzuentriegeln und eiligst davonzulaufen. Doch womöglich gleich gefesselt zu werden, ließ erstaunlicherweise noch mehr Nässe in ihre Möse schießen. Sie wollte bleiben und es zulassen.

Walter packte unvermittelt Emmas Handgelenke, presste sie mit seinen bratpfannengroßen, kräftigen Händen zusammen und drückte sie über ihrem Kopf an die Haltestange. Schnell fand er den Anfang des Klebebands, löste es mit seinen Zähnen und wickelte die Rolle dann um ihre Handgelenke.

Emma ächzte. Sie war in ihrem Leben noch nie gefesselt gewesen und es fühlte sich gut ... nein, beängstigend geil an. Das Gefühl des Ausgeliefertseins jagte kleine wohlige Schauer durch ihren Körper, der vor lauter Spannung bereits zitterte. Hinzu kam eine diffuse Angst, der Busfahrer könnte sich mehr nehmen, als ihm zustand – oder auf eine Weise, die ihr weh tat. Der Gedanke, es einfach hinzunehmen und es darüber hinaus sogar genießen zu wollen, überraschte sie selbst. Sie spürte, wie ihr Slip immer feuchter wurde.

Der Busfahrer ging vor Emma in die Hocke, packte ihren linken Fuß an der Fessel und zog ihr Bein zu einer Sitzstrebe, wo er es rasch mit dem Klebeband fixierte. So machte er es auch mit ihrem rechten Bein.

Emma stand nun breitbeinig mitten im Gang des Busses und konnte sich nicht mehr bewegen. Feine Nadelstiche der Erregung, aber auch der Angst, bedeckten ihren gesamten Körper. Doch die Leidenschaft war stärker und flammte heiß in ihr auf.

»Ich ... «, setzte sie an, »hab ein bisschen Angst«, sagte sie unsicher. Sollte er ruhig denken, die Situation ängstige sie. Falsch war das ja nicht, aber sie wollte die Regeln des Spiels nicht allein ihm überlassen.

Walter strich ihr sanft mit dem Handrücken über die Wange. »Das musst du auch. Ich werde dich benutzen und beschmutzen, dass dir Hören und Sehen vergeht.«

Walter zog noch etwas vom Klebeband ab.

»Bitte-«

Er drückte ihr schnell den Streifen auf den Mund. »Ich kann dich nicht hören!«, erwiderte er grinsend und legte die Klebebandrolle weg. Dann nahm er ihren Kopf in beide Hände. Sie versuchte sich ihm zu entziehen, doch sein Griff war fester. Mit der Zunge leckte er ihr übers Gesicht.

»Hmmm, du schmeckst gut, Schätzchen!«

Emma ächzte. Walter nahm an, aus Ekel; und das törnte ihn nur noch mehr an.

Mit seinen Händen fuhr er zu ihrem Hals, legte beide Hände darum und drückte sanft zu. »Gefällt dir das, hm?«

Emma schüttelte energisch den Kopf. Oder doch? Sie durfte es ihm nur nicht zeigen.

Walter ließ von ihrem Hals ab, wanderte mit seinen Händen über ihr Schlüsselbein und drückte dann ihre Brüste fest zusammen.

»Mmmmh«, ließ Emma verlauten.

Der Busfahrer schob ihr Oberteil hoch, fuhr mit seinen rauen Händen über ihren Bauch bis zu ihrem BH hoch.

Für Emma fühlten sich seine Handflächen an wie Sandpapier. Schauer liefen über ihren Rücken. Ihr Slip war bereits ordentlich von ihrem Saft getränkt. Auch wenn sie nicht wusste, wie es hier mit ihr enden wür-de, war sie auf dem besten Weg, der Geilheit der Situation zu verfallen.

Walter griff hinter ihrem Rücken zum BH-Verschluss, öffnete ihn und fuhr dann mit seinen Händen unter die gelockerten Körbchen, um ihre zarten, weichen Brüste fest zu massieren. In Emmas Lenden begann es herrlich zu ziehen, und ein weiteres Mal entfuhr ihr ein vom Klebeband erstickter Laut.

Walter beugt sich zu ihren Brüsten herunter, biss dann unerwartet stark in eine Brustwarze und zog kräftig mit seinen Zähnen an ihr.

»Mmmmh!«, stöhnte Emma wieder lustvoll.

Er ließ von dem hartgewordenen Nippel ab. »Das gefällt dir, nicht wahr, du Luder? Bist du ein Luder? Nicke! Ich will, dass du nickst und zugibst, dass du ein richtiges Luder bist.«

Emma nickte eifrig.

»Na siehst du, wusste ich es doch. Und weißt du, was man mit Ludern macht?«

Emma schüttelte zaghaft den Kopf. Ihre Augen waren weit geöffnet und fixierten den Busfahrer gespannt.

Bestrafe mich, wollte sie am liebsten sagen.

»Luder wie du werden richtig hart rangenommen! Willst du hart rangenommen werden? Ich glaube, du willst hart rangenommen werden.«

Emma zögerte gespielt. Doch ihr Blick verriet, dass sie sich nach nichts anderem sehnte, als hier und jetzt von einem grobschlächtigen Typen aufgespießt zu werden, deshalb nickte sie, ihn dabei mit ihrem Blick fixierend.

»Wie du willst. Sag aber hinterher nicht, dass es dir nicht gefallen hat.« Er lächelte anzüglich.

Walter biss jetzt scharf in ihre andere Brust, schob dabei seine Hände hinter ihrem Rücken unter den Bund ihres Rocks und ihren Slip, und umgriff ihre Pobacken. Er schob sie hoch und zog sie dabei auseinander, was Emmas mittlerweile geschwollene Schamlippen ebenfalls spreizte. Ihr Saft ergoss sich ungehindert in den nassen Slip und sie spürte eine warme Spur an ihrem Bein herablaufen.

Walter krallte seine Fingernägel in ihren Hintern und ließ ihre Pobacken unablässig kreisen. Ihre Mösenlippen wurden im gleichen Rhythmus auseinandergezogen. Sie entspannte ihre Muskeln, sodass diese Art von Massage auch ihrem Anus zugutekam. Emma stöhnte.

»Pass auf!«, sagte Walter und fuhr mit zwei Fingern ihre Poritze entlang nach unten zu ihrem Anus. Er verweilte mit einem Finger auf dem Schließmuskel und massierte ihn kreisend. »Gefällt dir das?«

Emma nickte und stöhnte dabei leise in das Klebeband. Ihre Wangen waren rot und Schweiß bildete sich auf ihrer Stirn.

»Bist du schmutzig? Bist du richtig schmutzig?«

Emma nickte abermals.

Walter fuhr mit der Hand tiefer zwischen ihre Beine und strich mit seinen Fingern von hinten über ihre triefende Möse.

»Sieh mal an, wie geil dich das macht! Das gefällt mir.«

Mit den von ihrem Saft getränkten Fingern drückte er erneut gegen ihren Anus. Emma ließ locker und hieß seine fleischigen Finger willkommen. Doch zart ging der Busfahrer dabei nicht vor.

Walter spürte den nachlassenden Druck, sodass er zwei Finger blitzschnell bis zum Anschlag in sie bohrte.

Emma wimmerte leise. Ihre Beine wurden weich, das Ziehen in ihren Lenden verstärkte sich, bei dem Gefühl, anal gefingert zu werden.

Walter zog seine Finger wieder heraus, nur um sie gleich noch einmal in sie zu stoßen. So machte er es ein paarmal, was Emmas Stöhnen rhythmischer werden ließ.

»Soll ich deine Fotze auch mit meinen Fingern ficken? Willst du beide Löcher gestopft haben?«

»Mhm«, machte Emma und ihr Blick wurde glasig.

Mit der anderen Hand hob Walter ihren Rock an, fuhr mit seiner Pranke von oben in ihren nassen Slip und drang ohne zu zögern mit mehreren Fingern in sie ein.

Ein kurzes Ziehen des Schmerzes durchfuhr ihr Becken, doch zu ihrer Verwunderung befeuerte es ihre Erregung nur noch mehr. Es war aufregend, die Dehnung beider Körperöffnungen gleichzeitig zu spüren.

Walter zog seine Hand hervor, stieß daraufhin wieder mit seinen Fingern in ihr Mösenloch – dieses Mal tiefer. Das Gleiche machte er anal und fand dabei einen gleichmäßigen Rhythmus.

Das Stöhnen von Emma wurde lauter, keuchender und immer schneller – ihre Nasenflügel blähten sich im Takt. Wollust durchströmte sie und erfasste jede Faser ihres Körpers, als sie unvermittelt in einem schnellen, aber heftig an ihr rüttelndem, Orgasmus kam.

Walter hatte ihre Unterleibskontraktionen in beiden Löchern gespürt, zog seine Finger aus ihren Öffnungen und positionierte sich neu vor ihr. Er fasste sie mit seiner nassen Hand am Kinn, hob es an, kam ihr mit seinem Gesicht ganz nah, sodass sie seinem Atem nicht entkam und durchbohrte sie mit seinem gierigen Blick, aus dem eine Spur Sadismus, aber auch regelrechte Geilheit sprach.

Sein Blick jagte ihr eine Gänsehaut ein. Er war ein Tier!

»Du bist richtig geil, was? Dir gefällt es, wie du von einem Fremden benutzt wirst. Du bist selbst dreckig und versaut, hm?«

Emma nickte wieder. Ein letztes Beben durchlief sie. Ihr Saft wollte dabei nicht aufhören zu fließen. Und als hätte Walter ihre Gedanken lesen können, wischte er seine Hand mit ihrer Nässe an ihrem Gesicht ab.

»Schon mal von deinem eigenen Mösensaft probiert? Dann weißt du ja, wie lecker er ist.«

Walter leckte ihr den Schleim vom Gesicht. »Hmmm.« Er ging vor ihr in die Knie, riss ihr den Slip bis zu den Knien herunter und fuhr mit seiner Zunge durch ihre glitschige Spalte. Nachdem er sich wieder aufgerichtet hatte, löste er das Klebeband vorsichtig von ihrem Mund und schob ihr ohne Zeit zu verlieren – sie könnte ja schreien – seine Zunge mit ihrem Geschmack in den Mund. Emma saugte gierig an der Zunge und spielte mit ihr.

Abrupt löste er sich von ihr. »Genug!«

Er verklebte ihren Mund wieder, machte seine Hose auf und holte seinen rotglühenden Schwanz hervor.

Emma beobachtete ihn dabei ganz genau und als sie sein Prachtstück sah, jauchzte sie unartikuliert.

Walter nahm das als Zustimmung zu dem, was jetzt unweigerlich folgen musste. Aber auch ohne ihre Zustimmung hätte er weitergemacht.

Vorfreude durchzuckte Emmas Körper.

Walter drückte seine pralle Eichel in ihren Schritt, rieb sie zwischen ihren Schamlippen auf und ab. Emma fing wieder an, vollkommen enthemmt zu stöhnen. Der Busfahrer presste seine Schwanzspitze gegen ihre Scheidenöffnung. Sie schob ihm ihr Becken entgegen, doch er zog sich etwas zurück, um kurz darauf seine Eichel wieder gegen ihr Loch zu drücken. Emmas Muskeln waren schon so gelockert, dass er dabei mit seiner Spitze kurz in sie eindrang. Abermals zog er sich zurück – so machte er es einige Male, bis er sie mit beiden Händen an den Hüften packte, festhielt und so stark zustieß, dass sein Schwanz mit einem Mal und zur Gänze in sie glitt.

Emma sog scharf die Luft durch die Nase ein und atmete mit einem lauten Ächzen wieder aus. Dann ging sie in ein schnelles Stöhnen über.

Der Busfahrer steigerte das Tempo, stieß mit seinem dicken Schwanz tief in sie und zog sie dabei im Takt an den Hüften zu sich heran, sodass ihre Becken hart aufeinanderprallten.

Emmas Verstand schwand, sie verlor jegliches Gefühl in ihren Gliedmaßen, vernahm ihr eigenes Stöhnen nicht mehr und fühlte sich wie in Watte gepackt, als das Ziehen in ihrem Inneren schier unerträglich wurde und dann dazu überging, ihren gesamten Unterleib in kräftigen Impulsen kontrahieren zu lassen.

Walter grunzte. Er stieß nach wie vor im hohen Tempo in sie, spürte, wie Emma durch heftiges Zucken immer wieder enger wurde, ihm dabei schier das Blut in seinem Schwanz abklemmte.

Emmas ganzer Körper ging in ein Beben über und ihre Kraft verließ sie, als sie von einem Orgasmus erfasst wurde, der sie für ein paar Sekunden das Bewusstsein verlieren ließ.

Waren es nur Sekunden?

Als sie allmählich begann ihre Umgebung wieder wahrzunehmen, sich die watte-weichen Wolken um sie herum verzogen, machte der Busfahrer gerade seine Hose zu und grinste sie befriedigt an.

Er nahm ihr das Klebeband vom Mund.

»Bist ... du gekommen?«, flüsterte sie mit brüchiger Stimme.

Er blickte auf den Slip, der ihr noch immer über den Knien hing.

»Mein Sperma tropft zumindest gerade auf deinen Slip.«

»Keine Sorge ... dieses Mal habe ich noch einen Ersatzslip dabei.« Ihre Stimme nahm wieder an Kraft zu, ihre Glieder aber waren noch immer puddingweich.

»Wir werden immer besser, was? Soll ich dich schon losmachen?«

Sie schüttelte den Kopf. »Moment noch, Walter, das Gefühl kommt nur langsam in meine Glieder zurück.« Sie ächzte. »Meine Orgasmen werden immer intensiver.«

Beide lächelten sich an.

Walter machte ihr wieder den BH fest, richtete ihr Oberteil und machte zumindest schon einmal ihre Füße los. Noch etwas wackelig richtete Emma sich wieder auf. Zu ihrer Unterstützung ließ er ihre Arme noch angebunden. Er zog ihr den Slip aus.

»Jackeninnentasche«, sagte Emma.

Walter zog aus ihrer Jacke den Ersatzslip hervor, bückte sich, Emma schlüpfte hinein und er zog ihn ihr hoch.

»Okay, ich glaube, jetzt kannst du mich losmachen.«

Er löste das Klebeband von ihren Armen. Emma sackte etwas in die Knie, doch Walter fing sie auf, dann stabilisierte sich ihr Stand und sie zog sich ihre Jacke an.

Walter gab ihr einen Kuss. »Ich mach hier noch schnell Klarschiff.« Er drückte ihr seinen Autoschlüssel in die Hand. »Warte im Auto auf mich, ich fahre dich nach Hause.«

Emma stieg aus dem Bus und verließ die Fahrzeughalle, während Walter ihre Hinterlassenschaften beseitigte. Heute hatte es länger gedauert als sonst, und in Kürze würde der Disponent kommen, um die Frühschicht vorzubereiten. Vielleicht sollten sie für das nä-chste Mal einen anderen Ort in Betracht ziehen.

Walter stieg aus, verschloss den Bus und ging in die Nacht hinaus.

Die neue Babysitterin

Vivian stand vor dem Haus der Stetters, atmete einmal tief durch und streckte dann ihre Hand nach der Klingel aus. Sie läutete. Der Klang einer mehrstimmigen Glocke drang gedämpft durch die Haustür. Sie trat bei den Stetters zum ersten Mal einen Job als Babysitterin an. Früher hatte Vivian Werbung verteilt oder auch mal in einem Café gekellnert. Heute würde sie erstmalig die Verantwortung für ein Kleinkind übernehmen – bei Leuten, die ihr fremd waren.

Vivian atmete noch einmal tief durch und strich sich eine blonde Strähne hinters Ohr.

Bei einem Vorabtreffen hatte sie die Familie kurz kennen lernen können. Vivian kannte bereits alle Eigenheiten des Kleinkindes, wusste wo was im Haus zu finden war – kurzum: sie war bestens vorbereitet.

Die Haustür wurde geöffnet. Herr Stetter stand in der Tür, von hinten durch das Deckenlicht beschienen, als zeige sich seine strahlende Aura.

»Hey Vivian. Pünktlich, das gefällt mir.« Herr Stetter trat zur Seite und machte eine einladende Geste.

Er war ein umwerfend attraktiver Mann. Dass er zwanzig Jahre älter war als sie, tat dem keinen Abbruch, im Gegenteil, strahlte er doch so etwas

Staatsmännisches aus, das jungen Männern eindeutig fehlte. Herr Stetter war groß, breitschultrig und sein Gesicht zeichneten markante Züge aus, die durch seinen gepflegten Dreitagebart noch betont wurden.

Vivian trat ein. Verlegen schob sie ihre Hände in die Hosentaschen ihrer Jeans.

Heute sah Herr Stetter in seinem schwarzen Anzug noch dazu äußerst elegant aus. Und Frau Stetter stand dem – ihre schlanke Figur in ein rotes Etuikleid gehüllt – in nichts nach. Sie prüfte vor dem Spiegel ein letztes Mal den Sitz ihrer aufwendigen Hochsteckfrisur und ihres perfekten Make-ups.

Sie grüßte Vivian nur knapp und ohne sie dabei direkt anzusehen.

Herr Stetter half seiner Frau in ihr weißes Bolerojäckchen. Sie nahm ihre Handtasche von der Anrichte. »Hast du die Theaterkarten?«, fragte sie ihren Mann.

»Hey, habe ich jemals etwas vergessen?«, gab er kokett zurück und streifte sich sein Jackett über.

»Okay, Vivian, die Kleine ist satt und frisch gewickelt. Wie ich sie kenne, schläft sie erstmal eine ganze Weile. Wir werden so gegen eins zurück sein«, sagte Frau Stetter, schob sich in dem engen Flur an Vivian vorbei und zog sie dabei mit ihren Blicken aus. Aus Neid? Oder aus Sympathie?

Herr Stetter folgte seiner Frau, wobei Vivian sein wohlduftendes Aftershave aufsog. Er zwinkerte ihr zu, als er seiner Frau die Tür aufhielt. Sie verließen das Haus, Vivian winkte Herrn Stetter nach, als er sich noch einmal nach ihr umdrehte und dabei lächelte. Die Tür fiel ins Schloss.

Hatte sie ihm gerade nachgewinkt? Was sollte das denn? Wie ein verliebter Teenager! Sie war kein Teenager mehr! Fast. Immerhin war sie schon siebzehn.

Vivian musste aufpassen, dass sie nicht ins Schwärmen geriet. Sie hatte einen Job zu erledigen. Also los. Sie klatschte leise in die Hände und atmete einmal tief durch. Vivian schlenderte durch den langen Flur, ihre Hand dabei über die Tapeten streichend und bog ins Kinderzimmer ab, wo sie die einjährige Josefine selig schlafend in ihrem Bettchen vorfand. Sie schaltete das Babyfon ein und nahm das tragbare Teil mit, als sie das Kinderzimmer auf der Suche nach Beschäftigung wieder verließ.

Was machte man als Babysitterin, wenn man nicht gerade 'sittete'? In Filmen wurde an dieser Stelle gerne der Freund herbeordert. Sie hatte jedoch keinen. Oder man sah die Babysitter fernsehen. Könnte sie machen. Aber Vivian war jetzt nicht in der Stimmung, passiv auf dem Sofa zu fläzen. Sie war in einem unerforschten Haus, das darauf wartete, entdeckt zu werden. Sie wusste von den Stetters, dass sie gute Jobs hatten – und das sah man nicht nur der Inneneinrichtung an. Auch wenn das Haus von außen gewöhnlich erschien, war es innen umso mondäner. Und so ein prachtvolles Haus schrie förmlich danach, erkundet zu werden. Wann, wenn nicht jetzt. Später wäre Josefine vielleicht hungrig.

Vivian ging zurück in den Flur, wo sie die Bilder an der Wand betrachtete. Sie betastete Eines davon vorsichtig. Kein Kunstdruck. Vermutlich Öl auf Leinwand. Unten rechts eine Signatur. Den Maler kannte sie nicht. Das musste aber nichts heißen, denn in Kunst war sie nicht besonders bewandert.

An der Türschwelle zum großzügig geschnittenen Wohnzimmer blieb sie einen Moment stehen. Die Mitte des Raumes, mit der übergroßen Sofaland-schaft, dem riesigen Fernseher und der beeindru-ckenden Soundanlage, lag tiefer als der Rest – durch eine Treppenstufe ringsum getrennt. Neugierig be-trachtete sie den Einbauschrank zu ihrer Rechten. Sie trat an ihn heran, öffnete und schloss Schubla-den und Schranktüren, doch es gab nichts Besonde-res zu entdecken. Vor einem offenen Fach mit vielen Spielen blieb sie stehen. Sie zog eines nach dem an-deres heraus und betrachtete die bunten Schachteln. Das Spiel *Twister* behielt sie länger in der Hand. Sie kannte es aus ihrer Kindheit. Erinnerungen an lusti-ge Spielerunden schoben sich vor ihr geistiges Auge. Bei dem Spiel legte man eine bunt gepunktete Matte auf den Boden und musste dann mittels einer Drehscheibe ermitteln, welchen Fuß oder welche Hand man auf welchen Farbpunkt stellen musste. Da man es mit mehreren Personen spielte, ergaben sich schnell witzige und ungelenke Positionen, was nicht immer frei von prickelnden Stellungen war. Aber damals war sie noch zu unschuldig. Wobei ...

Zu gerne würde sie es mal wieder spielen.

Sie schob das Spiel zurück ins Fach und verließ das Wohnzimmer auf der anderen Seite, wo sie ebenfalls in den Flur gelangte. Sie wollte das Schlafzimmer der Stetters in Augenschein nehmen. Sicher besaßen sie haufenweise Klamotten in einem begehbaren Kleider-schrank und ein riesiges Wasserbett.

Im Schlafzimmer stand aber nur ein gewöhnliches Bett, wenn auch sehr modern. Auch einen begehbaren Kleiderschrank gab es zu ihrer Enttäuschung nicht. Egal, teure Klamotten waren sicher trotzdem in Hülle und Fülle vorhanden, mutmaßte sie und riss augenblicklich die Schranktüren zu dem dennoch sehr großen Kleiderschrank auf, nachdem sie das Babyfon auf das Bett geworfen hatte. Und sie wurde nicht enttäuscht. Zuerst inspizierte sie die Hemden von Herrn Stetter. Sie ging näher heran und sog den Duft ein. Sie glaubte, Moschusduft von ihm zu riechen. Dann ging Vivian die stattliche Anzahl an Kleidern von Frau Stetter durch. Allesamt teuer aussehend und in allen erdenklichen Längen vorhanden. Partykleider, Cocktail- und Abendkleider. Und ein paar legere Sommerkleider. Und, oha, auch ein paar aufreizend knappe Kleider aus wenig Stoff. Vivian zog ein schlichtes, schwarzes Minikleid hervor und hielt es sich vor ihren Körper. So stolzierte sie durch den Raum und betrachtete sich im Spiegel einer der Schranktüren. Es gefiel ihr so, dass sie beschloss, es anzuziehen. Ist doch nichts dabei, sie wollte es ja nicht behalten.

Vivian zog ihr Top aus, schlüpfte aus der Jeans und legte ihren BH ab. Die Kleidung landete achtlos auf dem Boden. Dann stieg sie in das elegante Kleid, streifte die Träger über ihre Schultern und machte den Reißverschluss zu. Der feine Stoff floss nur so an ihr herab, dass es ein Genuss war. Das Kleid war ein knapper, sexy Traum in Schwarz. Vivian warf sich vor dem Spiegel in verschiedene Posen und gefiel sich darin, wie sie mit sich selbst flirtete.

Nachdem sie genug mit sich selbst geflirtet hatte, warf sie einen Blick in Frau Stetters Nachtkästchen. Sie zog die oberste Schublade auf und stieß direkt auf offen darin ausgelegte Vibratoren, Kondome und eine Tube Gleitgel. Vivian musste schlucken. Okay, Frau Stetter war in der Tat eine attraktive und anziehende Frau, aber gleich derart unverhohlen solche Dinge in der Schublade aufzubewahren? Was, wenn der Sohnemann das bei Streifzügen durch das elterliche Haus entdeckte? Zumindest sie selbst hatte so etwas früher als Kind durchaus gemacht!

Weiter hinten in dem Schubfach ertastete sie einen Umschlag. Sie zog ihn hervor und öffnete ihn. Es waren Fotos. Sie entnahm sie dem Umschlag und betrachtete sie. Zu Vivians eigenem Erstaunen überraschten sie die Bilder kaum mehr. Die Aufnahmen zeigten die Hausherrin in aufreizender Wäsche oder auch mal vollständig nackt, aber meist in eindeutigen Posen, und mit Toys im Einsatz! Vivian spürte eine aufkommende Wärme im Schritt und wie sie langsam begann feucht zu werden. Sie konnte nicht leugnen, dass die Bilder ihrer Chefin sie erregten.

Doch bevor Vivian ihrem Anflug von Lust freien Lauf ließ, wollte sie den Rest des Hauses erkunden. Vielleicht lauerten woanders noch mehr frivole Überraschungen. Sie nahm das Babyfon und den dicksten Vibrator und setzte ihre Tour durch das Haus fort, den Vibrator dabei wie einen Degen vor sich haltend und damit herum fuchtelnd.

Am Ende des Flures ging eine Tür nach rechts ab, wo Vivian bislang noch nicht gewesen war. Das Schild an der Tür warnte eindringlich vor unbefugtem Betreten. Scheiß drauf! Sie drückte die Klinke nieder, schwang die Tür auf und blickte in den Raum. Der Einrichtung nach zu urteilen, war es das Zimmer des sechzehnjährigen Sohnes der Familie.

Im Raum stand sein Bett, ein Schreibtisch und ein Regal, voll mit Spielen für Computer und Konsolen. Filmplakate und Bandposter zierten die Wände. Von der Decke hingen kleine Raumschiffmodelle.

Typischer Nerd.

Vivian ging durch den Raum, stupste die Raumschiffe an, stellte das Babyfon auf den Schreibtisch und warf sich dann auf das schmale Bett. Dabei knisterte Papier unter dem Kopfkissen. Vivian fuhr mit einer Hand darunter und zog ein Sexmagazin hervor.

»Sieh mal einer an«, meinte sie und schlug das Heft in der Mitte auf.

Vivian legte sich auf die Seite, das Heft vor sich ausgebreitet und fuhr mit dem Vibrator über ihren Körper, während sie die nackten Frauen in dem Magazin betrachtete. Sie schaltete den Vibrator ein und führte ihn zielgerichtet unter das Kleid zu ihrem Schritt. Als sie das kräftige Vibrieren durch den Slip spürte, stöhnte sie spitz auf.

Tim sperrte die Haustür auf und betrat das Haus. Seine Eltern hatten was von einer neuen Babysitterin erzählt, die heute da wäre, er konnte aber nicht mit Sicherheit sagen, ob es tatsächlich so war – denn er hatte ihnen beim Frühstück wieder einmal nicht zugehört. Ihm wäre es nicht unrecht, wenn er jetzt alleine wäre. Er hatte keine Lust auf neue Kontakte, erst recht keine zu Mädchen – nicht nach dieser miesen Party.

Er schloss die Tür hinter sich, hielt inne und lauschte in die Stille hinein. Nichts zu hören.

Er zog sich seine Jacke aus und hängte sie an den Haken.

Vivian konnte sich währenddessen nicht beherrschen. Sie führte sich den Vibrator an ihrem Slip vorbei tief ein und stöhnte gedehnt auf. Wie gut das tat! Es war schon eine kleine Ewigkeit her, dass sie sich zuletzt befriedigt hatte – ganze drei Tage! Vivian fand, dass ein Tag ohne Orgasmus, ein verlorener Tag war. Und da sie zurzeit keinen Freund hatte, legte sie fast jeden Abend Hand an sich selbst an.

Vorbei am Wohnzimmer stellte Tim fest, dass zumindest in diesem Raum keine Babysitterin war. Vielleicht hatte er sich heute Morgen doch verhört. Er ging weiter den Flur entlang zu seinem Zimmer. Kurz bevor er die Tür erreichte, vernahm er gehauchtes Stöhnen. Wiederkehrend. Das Stöhnen einer Frau. Oder eines Mädchens? Aus seinem Zimmer! War es die Babysitterin?

Tim stellte sich dicht an die Wand am Türrahmen und lugte vorsichtig in den Raum. Und was er sah, machte ihn kurz fassungslos, faszinierte ihn dann aber mehr. Er hätte nicht damit gerechnet, ein außerordentlich hübsches Mädchen vorzufinden und erst recht nicht, dass sie sich mit geschlossenen Augen und lustverzerrtem Gesicht mit einem Vibrator befriedigte. In seinem Bett! Tim würde die Bettwäsche nie wieder wechseln.

Der nass-glänzende Vibrator glitt immer schneller rein und raus, rein und raus. Der Atem des Mädchens wurde schwerer. Tim spürte, wie sein Schwanz hart wurde und gegen die Jeans drückte. Wäre er mutig, so dachte er sich, würde er einfach zu ihr gehen und ihr mit dem Vibrator behilflich sein, um sich anschließend selbst von dem Mädchen verwöhnen zu lassen. Aber Tim war weder mutig noch hatte er Erfolg bei Mädchen, also blieb er wo er war.

Das Babyfon gab ein Glucksen von Josefine wider. Vivian riss die Augen auf. Der Vibrator flutschte aus ihr heraus.

Tim ging zurück in Deckung, machte schnell kehrt und ging dann in großen Schritten durch den Flur ins Wohnzimmer; mit einer beachtlichen Beule in seiner Hose. Was sollte er jetzt machen? Wieder gehen? Bleiben? Um was zu tun?

Vivian richtete sich auf. Das Baby hatte aufgehört zu glucksen. Innerlich fluchte sie. Bis zu ihrem Orgasmus hätte nicht mehr viel gefehlt. Sie schob das Sexmagazin zusammen mit dem Vibrator unter das

Kopfkissen und richtete sich lauschend auf. Waren da nicht Geräusche? Als wäre jemand im Haus. Ob die Stetters früher zurückgekommen sind? Aber dann hätten sie doch nach ihr gerufen.

Vivian beschloss nachzusehen und verließ das Zimmer. Auf Zehenspitzen schlich sie den Flur entlang. Hier war niemand. Auch nicht im Schlafzimmer, an dem sie vorbeikam. Erst im Wohnzimmer stieß sie zu ihrer Überraschung auf den Sohn des Hauses. Er stand vor einem Schrank und wirkte ertappt, als er sie wahrnahm. In einer Art Übersprungshandlung zog er ein Spiel aus einem der Fächer und tat so, als interessiere es ihn.

Vivian trat an Tim heran und strich sich dabei kokett eine Haarsträhne aus der Stirn.

»Die Party war scheiße«, sagte er schnell und mit heiserer Stimme. »Da wollte ich nicht über Nacht bleiben. Wollen wir was spielen?«

Vivian trat so nah an ihn heran, dass nur noch die Spielschachtel sie auf Abstand hielt. Sie nahm sie ihm aus der Hand und betrachtete sie. »*Twister*. Genau mein Ding!«, sagte sie und konnte ein freches Grinsen nicht unterdrücken.

Tim räusperte sich. »Ja, ähm, ist ein gutes Spiel.«

»Aber sicher!« Vivian zog Tim mit sich in die Mitte des Raumes, wo mehr Platz war. Sie entnahm der Schachtel die große Matte, breitete sie aus und legte die Drehscheibe daneben.

»Schon mal gespielt?«, fragte Vivian.

Tim nickte schüchtern.

»Gut, dann dreh mal die Scheibe.«

Tim drehte und als Ergebnis musste er seinen linken Fuß auf einen beliebigen roten Punkt stellen. Dann lag es an Vivian, die Drehscheibe zum Rotieren zu bringen. Linke Hand auf einen grünen Punkt.

Im weiteren Spielverlauf waren die beiden innerhalb kürzester Zeit so ineinander verknotet, dass sich ihre Gesichter in dieser ungewöhnlichen Position sehr nahe waren.

Tim nahm Vivians süßen Atem war. Es fehlte nicht mehr viel und ihre Nasenspitzen hätten sich berührt. Am liebsten hätte er sie einfach geküsst. Doch natürlich fehlte ihm der Mut dazu.

Und Vivian genoss es, was sie mit ihrem kleinen heißen Spiel bei ihm anrichtete. Ihr war bei all den Verrenkungen und dem Körperkontakt während des Spiels Tims Härte nicht entgangen. Dann war er auch noch so herrlich schüchtern. Einfach süß. Sie suchte regelmäßig seinen Blick und Tim sah ihr immer wieder verlegen in ihre schönen grau-blauen Augen.

Tims gesamter Körper kribbelte, als marschierten Horden von Ameisen durch ihn hindurch.

»Nächste Runde«, sagte Vivian.

Tim hatte dem nichts entgegenzusetzen.

Das Spiel ging weiter.

Irgendwann glich Tim in seiner Position einer Brücke und Vivians Brüste schwebten förmlich vor seinem Gesicht. Er konnte ihr direkt in den Ausschnitt sehen. Tim schluckte schwer. Die Ameisen tanzten mittlerweile Tango.

Vivian entgingen seine Blicke nicht und sie konnte sich ein Lachen nicht verkneifen.

Da sie noch Bewegungsspielraum hatten, ging das Spiel weiter.

Tims Kräfte ließen jedoch allmählich nach, als er rücklings über der Matte schwebte, ein Bein weit ausgestreckt. Doch gerade jetzt wollte er keinesfalls aufgeben. Jetzt, wo Vivian breitbeinig über ihm verharrte, ihren apfelförmigen Po knapp vor seinem Gesicht und ihren Venushügel gegen sein ange-winkeltes Knie drückend. Und da das ohnehin schon kurze Kleid – welches er von irgendwoher kannte – ein wenig hochgerutscht war, hatte Tim einen veritablen Ausblick auf Vivians schlichten weißen Slip. Er musste sich zusammenreißen, um nicht sofort in seiner Hose zu kommen. Wie peinlich wäre das denn!

Vivian stieß nicht zufällig ihren Schritt gegen sein Knie. Ihre Möse kribbelte schon verheißungsvoll, doch so schnell wollte sie sich nicht der Lust hingeben, auch wenn ihr Mösensaft schon zu laufen begann. Sie hatten noch drei Stunden, bis Tims Eltern zurück wären. Es war genug Zeit für weitere versaute Spiele.

»Hast du eine Freundin?«, wollte Vivian plötzlich von Tim wissen.

Konnte es sein, dass Tim einen feuchten Fleck auf Vivians Slip sah? Allmählich begann er zu schwitzen. Seine Arme würden ihn nicht mehr lange halten können.

»Nein«, brachte er nur knapp und mit belegter Stimme hervor.

»Jungfrau?«

»Steinbock«

Vivian musste lachen, verlor die Balance, nicht zuletzt auch weil ihre Kräfte mittlerweile aufgebraucht waren, und landete bäuchlings auf Tim, der seinerseits zu Boden ging.

Tim spürte ihr Gewicht angenehm auf seinem eigenen Körper und hätte am liebsten seine Arme um sie gelegt.

Noch immer lachend rollte Vivian sich seitlich von ihm und kam rücklings auf dem Boden zum Liegen.

Damit Vivian seine Wölbung im Schritt nicht sah, setzte er sich schnell auf und zog die Beine an.

»Ich meine, ob du schon mal gefickt hast.«

Vivian rappelte sich auf und setzte sich ihm gegenüber in den Schneidersitz, bewusst ignorierend, dass man so ihre Unterwäsche sehen konnte.

»Ach so, äh ... nein«, sagte Tim kleinlaut.

Vivian lächelte Tim gutmütig an und rutschte ein Stück näher. Sie senkte ihren Kopf leicht und blickte ihn in gespielter Verlegenheit von unten an. »Hat dich das Spiel auch so erregt?«, flüsterte sie.

Tim lief rot an, wich ihrem Blick aus und nickte nur.

Vivian hatte es meist mit selbstbewussten und machohaft auftretenden Jungs und gelegentlich auch reifen Männern zu tun, die genau wussten was sie wollten. Doch Tim musste sie erst noch zeigen, was er schon die ganze Zeit wollte. »Berühr mich!«

Tim reagierte zunächst nicht. Vor ihm saß ein Mädchen, dessen Schönheit ihn einschüchterte. Mochte sie ihn? Oder machte sie sich nur lustig über ihn? Allerdings – was hatte er schon zu verlieren?

Tim legte seine rechte Hand auf ihre Schulter und strich dann den kurzen Ärmel des Kleids entlang zu ihrem Oberarm. Wie weich ihre Haut war, wie warm und vertraut es sich anfühlte. Die Ameisen in seinem Körper waren wieder erwacht.

Vivian lächelte. »Ich hab`s auch noch woanders gern.«

Ihre Blicke trafen sich und Tim versank für einen Moment in ihren schönen Augen, in denen es so vieles zu entdecken gab. Seine Hand fuhr ihren Arm wieder hoch und berührte die empfindliche Haut an ihrem Hals.

Vivian atmete hörbar aus, woraufhin Tim erschrocken mit seiner Hand zurückzuckte. Vivian griff schnell nach ihr und schob sie frech in ihren Ausschnitt.

Hitze stieg Tim in den Kopf und er lief puterrot an. Seine Hand verharrte regungslos zwischen ihren Brüsten. Vivian zog mit beiden Händen den Stoff des Kleides an ihrem Dekolleté auseinander. Er sah, dass sie keinen BH trug und musste schwer schlucken. Mutig fuhr er dann mit seiner Hand zaghaft über ihre Brüste. Bei jedem Nippel durchfuhr ihn ein inneres Zucken und sein Schwanz nahm spürbar an Härte zu. Er nahm all seinen Mut zusammen und setzte seine zweite Hand ein. Mit beiden Händen wog er ihre kleinen weichen Brüste.

Ist das Mutters Kleid?

»Willst du mal fühlen, wie sehr mich das Spiel feucht gemacht hat?«, fragte Vivian mit einer plötzlichen Geilheit in der Stimme, die Tim nervös machte.

Wie mochte ihr Spiel weiter gehen? Er hatte keine Erfahrung mit Mädchen, durfte sie höchstens einmal küssen und über dem Stoff ein wenig streicheln – mehr nicht. Da Vivian ihn noch immer mit ihrem fordernden Blick fixierte, nickte Tim schwer-fällig.

Daraufhin nahm sie seine Hände, legte sie auf ihre Oberschenkel und schob sie unter das Kleid. Da Tim zu schüchtern war, um zwischen ihren Beinen mit dem weiterzumachen, was er bei ihren Brüsten begonnen hatte, schob sie seine Hände weiter bis zu ihrem Schritt.

Zaghaft strich Tim mit den Fingerspitzen über den feuchten Stoff ihres Slips.

Vivian atmete hörbar ein, und ehe Tim seine Hände wieder vor Schreck zurückziehen konnte, drückte sie sie fest gegen ihr Geschlecht und rieb sich an ihnen. Seine Finger massierten sie jetzt mit Druck. Mehr Feuchtigkeit schoss heiß in ihre Möse. Ihre Wangen erröteten und ihr Rücken fühlte sich an, als ergoss sich ein warmer Sommerregen dar-über. An Tims Händen vorbei zog sie ihren Slip zur Seite.

»Fick mich mit deinen Fingern!«

Tims Kopf wurde noch heißer, das Blut pulsierte in seinen Venen. Was er mit seinen Fingern fühlte war an Zartheit kaum zu überbieten. Ihr Schritt strahlte Hitze aus und war auf faszinierende Weise glitschig nass. Entschlossen teilte er mit einem Fin-ger ihre großen Schamlippen und führte einen Fin-ger in ihr heißes Loch ein.

Vivian spürte den Sommerregen auf ihrem Rücken heißer werden. Ihr Atem ging unmerklich schneller.

»Mehr!«, hauchte sie schwer atmend.

Tim drang mit einem weiteren Finger in sie ein.

Vivian stieß ein kräftiges Stöhnen aus, dann beugte sie sich zu ihm und leckte ihm unvermittelt über die Lippen, gefolgt von einem innigen Kuss, bei dem sie augenblicklich ihre Zunge in seinen Mund schob. So überrascht Tim war, erwiderte er doch ihren unverschämt fordernden Kuss.

Nachdem sie ihre Lippen von seinen gelöst hatte und Tims Finger in ihr immer schneller wurden, fing sie an rhythmisch zu stöhnen und die Augen zu verdrehen.

Plötzlich stand sie auf und seine Finger glitten aus ihr heraus.

»Nicht so«, keuchte sie.

Hatte Tim etwas falsch gemacht?

Vivian hob den Saum des Kleides an. Eine glänzende Spur lief an ihren Schenkeln hinab.

»Zieh mir den Slip aus.«

Tim schob den feuchten Fetzen herunter, wobei er die weiche Haut ihrer glatten Beine spürte. Ohne Vorwarnung zog Vivian Tims Kopf zu sich heran und presste sein Gesicht direkt in ihren Schritt.

Er drückte seinen Mund fest auf ihre Möse und fuhr mit seiner Zunge durch ihre heiße Spalte. Zum ersten Mal in seinem Leben schmeckte er etwas derart Köstliches. Er nahm ihren süßen Saft in sich auf und stieß immer wieder mit seiner Zungenspitze in ihre enge Öffnung.

»Ich will kommen!«

Instinktiv konnte Tim den kleinen Lustknopf mit seinen Lippen aufspüren. Er saugte kräftig an ihm. Vivian bog ihren Rücken leicht durch. Dann begann Tim, sanft an ihrem Kitzler zu knabbern und spürte dabei, wie er unter seiner Liebkosung anschwoll. Seine Härte hatte derweil so viel Druck aufgebaut, dass er sich nicht sicher war, wie lange er es noch aushielt.

Vivian warf ihren Kopf in den Nacken. Ihr Stöhnen wurde lauter und kehliger – der heiße Draht zwischen ihrem Kitzler und ihrem Lustzentrum im Kopf war bis aufs Äußerste gespannt und glühte feuerrot auf, als sie ein heftiges Zucken erfasste, das in ein Ganzkörperbeben überging. Sie kam! Ein langgezogenes Keuchen entglitt ihrem Mund und mit zitternden Beinen sank sie vor Tim auf die Knie.

Ohne sich zunächst von dem kurzen Orgasmus zu erholen und ohne ein Wort zu verlieren, machte sie Tims Hose auf und zog sie ihm umständlich von den Beinen. Sie streifte ihm ungestüm sein Shirt über den Kopf und holte dann ungefragt seinen prallen Schwanz aus dem viel zu engen Slip. Auf der Eichel glänzte bereits der erste Lusttropfen, den sie über der ganzen Pracht verteilte, um seine Härte dann intensiv zu bearbeiten.

Tim stöhnte auf.

»Zieh mir das Kleid aus.«

Er beugte sich vor, öffnete den Reißverschluss und zog ihr das Kleid über den Kopf. Jetzt konnte er ungehindert ihren makellosen, zierlichen Körper in seiner vollen Schönheit bewundern.

Während Vivian unablässig seinen Schwanz rieb, massierte Tim wieder ihre Brüste. Sanft biss er ihr dabei in den Hals und knabberte zärtlich an ihrem Ohrläppchen. Er ließ seiner Leidenschaft und seinen Bedürfnissen jetzt freien Lauf und wähnte sich im Paradies.

Als Vivian seine Lippen mit einem weiteren leidenschaftlichen Kuss bedeckte, konnte Tim nicht mehr an sich halten. Zwischen Hoden und Anus zogen sich die Muskeln zusammen und er entlud sich eruptionsartig, spritze Vivian dabei sein Sperma in kleinen Fontänen auf den flachen Bauch.

Vivian genoss das Gefühl, das von Tims heißem Saft auf ihrer Haut ausging. Gutmütig lächelte sie. »Keine Sorge, ich entjungfere dich heute Abend noch«, sagte sie.

Verlegen erwiderte Tim ihr Lächeln. Er spürte, wie er abermals rot wurde. »Okay«, war das einzige, was er hervorbrachte.

Vivian nahm Tims Shirt und wischte sich sein Sperma von ihrem Bauch.

»Kleines Souvenir«, sagte sie grinsend und präsentierte ihm sein Shirt. Dann, als hätte sie einen Geistesblitz: »Habt ihr Alkohol da?«

Tim nickte.

Vivian grinste noch einmal, dieses Mal breiter. »Her damit!«

Tim rappelte sich auf und verließ das Wohnzimmer. Wie süß sein kleines, schlaffes Glied doch war, und wie groß es andererseits werden konnte. Vivian war zufrieden mit seiner Größe und freute sich schon darauf, es in voller Pracht in sich aufzunehmen.

Sie stand auf und setzte sich auf die Sofakante. Bis Tim kam, legte sie selbst Hand an sich, um sich warm zu machen.

Als Tim zurückkehrte, hielt er eine Flasche in der Hand, die er der Babysitterin reichte.

»Portugiesischer Portwein. Gute Wahl!«, sagte sie und schraubte den Verschluss auf. »Stell dich vor mich.«

Vivian öffnete ihre Beine weit und drückte Tim, der nackt und sehnig wie er war vor ihr stand, mit sanfter Gewalt zu sich herunter. Er platzierte sich zwischen ihren Schenkeln.

Vivian nahm einen großen Schluck aus der Flasche. »Hmmm, ich liebe Portwein, er ist so herrlich süß«, hauchte sie. »Aber weißt du, wie er noch süßer schmeckt?«

Tim schluckte und schüttelte dann den Kopf.

Ohne es näher zu erläutern, strich Vivian mit der Weinflasche langsam über ihren Bauch nach unten. Knapp über ihrer Möse verharrte sie für einen Moment.

»Pass gut auf.«

Sie ließ die Flasche weiter nach unten gleiten und führte sie sich dann langsam bis zur dicksten Stelle ein. Dabei sog sie scharf die Luft ein und entließ den Atem hauchend.

Tims Augen wurden größer. Sein Schwanz gewann wieder an Härte und richtete sich langsam auf.

Vivian zog die Flasche wieder hervor und hielt sie Tim direkt vor die Nase. »Trink!«, forderte sie ihn auf.

Was hier geschah, konnte Tim kaum fassen. Wenn er das seinen Freunden erzählte, würden sie ihm nicht ein Wort glauben – eher würden sie ihn auslachen. Mit seinen Lippen umschloss er nun den Flaschenhals. Vivian kippte die Flasche und Tim trank gierig.

Sie zog die Flasche zurück. »Lecker?«

Wieder sagte Tim nichts, sondern nickte nur verlegen. Verdammt, wieso konnte er keinen einzigen vernünftigen Satz herausbringen.

»Nimm noch einen Schluck«, sagte Vivian und drückte ihm die Flasche an den Mund.

Erneut trank er von dem alkoholischen Getränk.

»Nicht schlucken«, befahl sie.

Ein dünner Faden Portwein rann ihm aus dem Mundwinkel übers Kinn.

Vivian lehnte sich auf dem Sofa zurück, schob ihre Hände unter den Po und hob ihr Becken an. »Lass es in mich laufen.«

Tim verschluckte sich fast, tat aber, was sie von ihm verlangte. Wie hätte er diesem verflucht schönen Mädchen auch widerstehen können. Sie hatte ihn im Griff, das war ihm klar – und es war ihm egal. Sein Gesicht verschwand zwischen ihren Schenkeln, er spitzte seine Lippen und drückte den vergorenen Traubensaft in ihr heißes Loch.

»Und jetzt trink aus mir!«

Vivian senkte ihr Becken, Tim folgte ihrer Bewegung und hielt seinen Mund fest auf ihre Möse gepresst. Sie entspannte ihre Scheidenmuskulatur und ließ den Saft aus sich herauslaufen. Und Tim trank aus ihr. In seinen feuchtesten Träumen hätte Tim nicht gedacht, dass es irgendwann einmal so ein versautes Mädchen auf ihn abgesehen haben könnte.

Vivian richtete sich auf, drückte Stetter Junior ohne Vorwarnung zu Boden und setzte sich rittlings auf ihn. Tim ließ alles mit sich machen und sie hätte nicht gedacht, dass ihr die Rolle der dominierenden Verführerin so gut gefiel.

»Bereit?«, fragte sie ihn, und so wie sie klang, hätte sie ein Nein nicht akzeptiert.

Tim fand erstaunlicherweise wieder zur Sprache. »Okay.«

Ohne lange zu warten, positionierte Vivian seinen Schwanz direkt vor ihrer nassen Möse und ließ sich langsam auf ihn nieder. Seine Größe und Dicke füllten sie optimal aus. Es war eine Wohltat, ein solches Prachtexemplar zu reiten. Er drang tief ein und dehnte sie angenehm. Vivian fing an, vollkommen enthemmt zu stöhnen.

Tim hatten die neuen Empfindungen überwältigt. Der Moment des Eindringens ließ ihn sich kurz aufbäumen und unartikuliert ächzen.

Schneller werdend, ritt sie auf ihm, ihr Atem beschleunigte sich, ihr Stöhnen wurde lauter und kehliger. Lange würde sie es nicht mehr aushalten. Aber so aufgeladen wie Tim war, dürfte es nicht mehr lange dauern, bis auch er käme. Unterstützend spannte sie ihre Beckenbodenmuskeln fest an und verfiel in einen noch schnelleren Rhythmus.

Tim glaubte den Verstand zu verlieren. Sein Kopf war überflutet von Sinneseindrücken, die er bislang nicht kannte, und sein Schwanz schoss Blitze durch seinen Schoß. Sein Atem ging stoßweise. Es ging nicht mehr, er musste kommen. Sein gesamter Körper zog sich zusammen, sein Schwanz pochte, als er seinen heißen Samen in sie pumpte.

Vivian erging es nicht anders. Der Orgasmus erfasste ihren bebenden und zitternden Körper. Ihre Möse zuckte unablässig, ihr Verstand setzte für einen Moment aus, und es fühlte sich an, als würde sie das Bewusstsein verlieren.

Schwer keuchend und bebend von den letzten Zuckungen sank sie über dem noch immer schwer atmenden Tim zusammen.

»Geil«, sagte Vivian mit rauer Stimme.

Lange konnten die zwei das wohlige Abklingen ihres Orgasmus nicht genießen, denn zu ihrer Überraschung hörten sie, wie sich ein Schlüssel im Schloss der Haustür drehte.

Vivian und Tim tauschten entsetzte Blicke aus. Schließlich sah Vivian auf dem Couchtisch die Theaterkarten von Tims Eltern liegen.

»Scheiße«, war das Einzige, was Tim dazu sagte, raffte seine Klamotten zusammen und verschwand blitzschnell aus dem Wohnzimmer, wobei er den Umweg über die Küche nahm, um seinen Eltern nicht zu begegnen.

Die Wohnungstür fiel ins Schloss.

Herr Stetter verharrte im Flur. Hatte er eben etwas aus Tims Zimmer gehört? Ob Vivian sich dort herumtrieb? Er hätte nachsehen können, doch seine Frau wartete draußen im Wagen auf ihn.

Vivian sammelte ihren Slip ein und wollte nach dem Kleid greifen, als sie Schritte vernahm. Sie hatte vorgehabt, wie Tim durch die Küche zu flitzen, doch splitternackt wie sie war, wollte sie auf keinen Fall gesehen werden. Also versteckte sie sich kurzentschlossen hinter dem Sofa, mit Blick auf Frau Stetters Kleid, das als Beweisstück für Vivians unverschämte Neugierde auf dem Boden liegen blieb.

Herr Stetter betrat das Wohnzimmer, erblickte die Theaterkarten auf dem Couchtisch, nahm sie an sich und entdeckte dann das schwarze Minikleid seiner Frau. Kurz sah er sich um, ob Vivian hier war, bückte sich dann nach dem Stoff und hob das Kleid auf. Er hielt es sich vor das Gesicht und sog den vermeintlichen Duft seiner Frau ein.

Vivian nutzte den Augenblick der Ablenkung und schlich gebückt aus dem Wohnzimmer. So schnell sie konnte hüpfte sie barfüßig ins Schlafzimmer, wo noch immer ihre eigenen Klamotten lagen.

»Vivian?«, rief Herr Stetter, der sich wunderte, wie das Kleid ins Wohnzimmer gelangte. Täuschte er sich, oder roch es so gar nicht nach seiner Frau? Vielleicht nahm sie einen neuen Weichspüler?

Vivian fuhr innerlich zusammen, als sie ihren Namen hörte – aus Angst dabei erwischt zu werden, dass sie sich mal etwas genauer im Schlafzimmer ihrer Arbeitgeber umgesehen und das eine oder andere Kleidungsstück anprobiert hatte. Oder lag es daran, dass der Gedanke, womöglich gleich nackt vor ihm zu stehen, sie sogar erregte? Egal, besser sie versteckte sich, wer wusste schon, ob er nicht gleich hier im Türrahmen erschien.

Sie machte den Kleiderschrank auf und schob sich zwischen die Kleider von Frau Stetter. Die Kleiderbügel klapperten. Hätte sie mal besser aufpassen sollen.

Herr Stetter hörte Geräusche aus dem Schlafzimmer. Er ging durch den Flur und an der Tür warf er einen Blick in den besagten Raum. Im Schlafzimmer lagen Klamotten, die er nicht seiner Frau zuordnen konnte. Tim trug keine Frauenkleidung und er selbst auch nicht. Vivian musste sich also irgendwo hier im Haus halbnackt versteckt halten. War das ein Spiel?

»Vivian?«, versuchte er es nochmal.

Als er ein paar Schritte in den Raum tat, entdeckte er die aufreizenden Fotos seiner Frau auf dem Bett. Ob Vivian die Bilder erregt haben und sie sich deshalb ausgezogen hat?

Vivian hielt die Luft an. Ihr ganzer Körper kribbelte, die Spannung ließ sie erneut feucht werden. Was wenn er den Schrank öffnete?

Kurzentschlossen wandte Herr Stetter sich dem Kleiderschrank zu und riss unvermittelt die Türen auf. Vor ihm stand eine nur mit einem Slip bekleidete Vivian und grinste ihn frech an, ohne auch nur den Versuch zu unternehmen, den Rest ihrer Blöße zu bedecken.

Die neue Babysitterin - 2

Vivian stand regungslos zwischen Frau Stetters Kleidern im Schrank, die Kleiderstange direkt über ihrem Kopf, und rührte sich nicht. Da sich auch Herr Stetter nicht bewegte, sondern sie nur überrascht von oben bis unten musterte, war ihr freches Grinsen verschwunden. Sie konnte seinen Blick nicht deuten. Erkannte sie da etwa Faszination? Abscheu? Geilheit?

Was erwartete er von ihr, was sollte sie jetzt machen? Sollte sie etwas sagen? Nur, was?

Tim schlich vorsichtig und geräuschlos dorthin, von wo er eben Geklapper gehört hatte – zum elterlichen Schlafzimmer.

»Hallo Vivian«, sagte André Stetter dann und Vivian war geradezu erleichtert, endlich eine Reaktion von ihm zu erhalten, auch wenn es nur eine nüchterne Begrüßung war.

Sie hob ihre Hand zum Gruß und rang sich ein Lächeln ab.

»Du stehst nackt im Kleiderschrank meiner Frau.«

Aber jetzt sprach Faszination aus seinem Blick, oder?

Tim lugte vorsichtig um den Türrahmen herum ins Schlafzimmer. Mist! Was er sah, gefiel ihm gar nicht. Vivian befand sich in einer denkbar ungünstigen Situation – um nicht zu sagen, in einer ausgesprochen beschissenen Situation. Das war es mit ihrem neuen Job! Und Tim hatte keine Ahnung, wie er ihr da raus helfen konnte. Noch wusste sein Vater vermutlich nicht, dass er früher von der Party heimgekommen war. Und das sollte auch so bleiben, sonst bräuchte sein Vater nur eins und eins zusammenzuzählen.

Vivian blickte an sich hinab und strich dann gespielt überrascht über die Kleider neben sich.

»Hoppla.«

Eine Bewegung an der Zimmertür ließ sie kurz aus den Augenwinkeln dorthin blicken, in dem Glauben, bereits zu wissen, wer dort stand. Und tatsächlich, Tim beobachtete sie. Das gefiel ihr nicht. Oder doch? Irgendwie schon.

»Wie bin ich denn in *diese* Situation geraten?«, fragte sie kokett und fing Herrn Stetters Blick ein.

André hielt ihrem Blick stand und spürte dabei die Erregung in sich aufsteigen. Entsprach es nicht einem klassischen Männertraum, Sex mit der Babysitterin zu haben? Viele billige Pornos fingen so oder so ähnlich an.

Vivian schenkte Tim einen schnellen Seitenblick und grinste dabei verführerisch. Dann suchte sie wieder den Blick ihres Arbeitgebers.

»Ich gestehe: ich habe etwas Schmutziges gemacht«, sagte sie mit zuckersüßer Stimme.

Erst jetzt bemerkte sie, dass sie auszulaufen drohte. Noch immer hatte sie Tims Sperma in sich. Sie spannte ihre Beckenbodenmuskulatur an, um seinen Saft bei sich zu behalten. Es wäre allzu verräterisch, sähe Herr Stetter weiße Soße von ihrem Slip tropfen.

Tim kam unterdessen nicht umhin einen Ständer zu bekommen. Auch wenn er nicht sagen konnte, warum. Sein Vater stand vor dem Schrank und betrachtete die halbnackte Babysitterin. Was war daran antörnend? Vielleicht die Tatsache, wie Vivian mit ihrer misslichen Lage umging? Ihm gefiel ihre frech-frivole Art.

»Ganz offensichtlich.« André deutete auf das Bett, wo noch immer die Sextoys und die aufreizenden Bilder seiner Frau verstreut herum lagen. Sein Schwanz hatte mittlerweile eine veritable Größe angenommen.

»Und wer Schmutziges tut, muss dafür bestraft werden«, sagte sie betont gehaucht. »Oder?« Vivian biss sich verspielt auf die Unterlippe und senkte ihren Blick.

André schluckte schwer.

Tims Augen wurden trocken. Sie wird doch nicht ...?

»Oder?«, wiederholte sie noch einmal. »Bestrafen Sie mich für mein schlechtes Benehmen.« Vivian zog langsam ihren Slip von den Hüften. »Ich habe herumgeschnüffelt.« Sie schob sich den Slip weiter über die Knie. »Ich habe ihre Privatsphäre verletzt.« Der Slip landete zu ihren Füßen. »Und die ... spannenden ... Sachen Ihrer Frau ... « Ohne den Satz zu vollenden, drehte Vivian sich in dem Schrank um, hielt sich mit beiden Händen an der Kleiderstange fest und streckte Herrn Stetter ihren Apfelpo entgegen.

Tims schmerzhaft harter Schwanz drückte gegen die Jeans. Was tat sie da? Wie abartig war das?! Oder, wie geil war das? Tim war sich nicht sicher. Seine Erregung allerdings sprach deutliche Bände, auch wenn er gleich Zeuge sein sollte, wie sein Vater die Babysitterin im Kleiderschrank fickte. Sie, die ihn eben entjungfert hatte. Warum tat sie das? Weil sie ihn beim Spannen entdeckt hatte und ein neues perverses Spiel mit ihm spielte? Er musste sich eingestehen, dass ihm das Spiel gefiel.

André haderte. Seine Härte war zum Bersten, doch sein Verstand sagte ihm, dass er gleich im Begriff war, ein viel zu junges Ding zu vögeln, während seine Frau im Auto auf ihn wartete. Andererseits war sie es doch, die ihn verführte. Er betrachtete das

Mädchen, ihren hellen Teint, ihre schlanke Figur, wie sie den Rücken leicht durchgebogen hatte, um ihm ihren knackigen Hintern auffordernd zu präsentieren. Sie wollte es, ja, sie wollte es. Also sollte sie es bekommen. Seine Frau würde denken, er müsse die Karten suchen, und so erregt wie er war, würde es ohnehin nicht lange dauern.

Tim drückte seinen Schritt gegen den Türrahmen und rieb sich daran.

André zog den Gürtel aus seiner Hose. Und ehe Vivian die Gelegenheit hatte nachzusehen, was ihr Chef mit dem Gürtel wollte (sie auspeitschen?), spürte sie schon, wie dieser um ihren Hals geschlungen und dann blitzschnell an der Kleiderstange über ihr festgemacht wurde. Eng. Fast zu eng. Sie bekam noch Luft, wenn auch nicht gut. Aber es törnte sie zu ihrer Verwunderung an. Sie kannte derartige Spiele nur aus Pornos, wusste aber, dass Orgasmen unter Sauerstoffmangel intensiver sein mussten.

»Willst du immer noch deine Strafe bekommen?«, wollte Herr Stetter von ihr wissen.

Vivian nickte nur.

André öffnete den Reißverschluss seiner Anzughose.

Zu Tims Sperma mischte sich jetzt Vivians eigener Saft, der sich in ihrer heißen Möse bildete und nach draußen drängte. Sie musste ihre Muskeln bewusst anspannen, um alles in sich zu behalten.

André holte sein rot glühendes Prachtexemplar hervor.

Vivian konnte es zwar nicht sehen, würde aber gleich spüren, wie groß es war. In Vorbereitung auf sein Eindringen, kribbelte die Haut auf ihrem ganzen Körper, als ob eine elektrische Spannung ihre Erregung aufrecht hielt. Sie stellte ihre Beine weiter auseinander.

André trat hinter Vivian, dirigierte sein Glied zwischen die zarten Beine des Mädchens.

Vivian spürte seine Schwanzspitze, entspannte sich dann, um ihn problemlos eindringen zu lassen. Die Säfte begannen zu fließen.

Die pralle Eichel teilte Vivians geschwollene Schamlippen. Er packte sie an den schmalen Hüften und langsam, als könnte er das zierliche Wesen beschädigen, schob er seine Härte in ihr triefendes Loch.

Vivian sog scharf die Luft zwischen den Zähnen ein.

»Wie nass du bist«, entfuhr es André.

»Mhm. Aaah ... «, keuchte sie. »Tiefer.«

André hatte zuerst Bedenken gehabt, wegen seiner Größe, doch wenn Vivian es so wollte, konnte er weiter in sie eindringen. Und so drückte er seinen Schwanz tiefer in das nachgiebige Fleisch des Mädchens, presste ihre Hüfte fester gegen seine, immer in der Erwartung bei ihr anzustoßen. Bis er schließlich an ihren Gebärmutterhals kam, was ihn nicht wunderte, doch noch immer hätte er da ein paar Zentimeter mehr für sie.

»Oh ... Gott!«, entfuhr es ihr und mit einem Mal stöhnte sie tief und langgezogen.

Da Vivian keine Schmerzen zu verspüren schien, begann André rhythmisch in sie zu stoßen, dabei das Tempo kontinuierlich steigernd. Auch er konnte nicht mehr leise sein und unwillkürlich wurde sein Atem hörbar.

Vivian spürte seinen langen Schwanz nicht nur an ihrem Gebärmutterhals, was ihr das herrliche Gefühl, von unzähligen kleinen Nadelstichen bescherte, sondern er rieb zusätzlich von innen gegen ihr Schambein – ihren G-Punkt. Noch nie hatte sie dort einen Schwanz gespürt, was schlicht daran lag, dass sie noch nie im Stehen von hinten gevögelt wurde. Daher kannte sie dieses Gefühl von Druck nicht, der ihren Unterleib flutete und dabei herrlich auf ihr Lustzentrum drückte. Es war, als hätte sie eine volle Blase, die sich zu entleeren drohte. Sie spannte ihre Muskeln an. Noch dazu das Leder, das in ihren Hals einschnitt und ihr das Atmen erschwerte.

André spürte, wie Vivian mit einem Mal enger wurde. Wie ein Ring umschlossen ihre Scheidenmuskeln seinen Schwanz. Das Mädchen trieb ihn in den Wahnsinn. Sein Stöhnen wurde immer schneller.

Mit offenem Mund rieb sich Tim noch immer am Türrahmen. Er konnte kaum fassen, von was er gerade Zeuge wurde.

Der Schwanz ihres Arbeitgebers massierte unablässig Vivians G-Punkt und der Druck in ihrem Schoß wurde übermächtig, der Orgasmus rollte schwer rumpelnd heran, als risse er dabei ganze Bäume mit sich. Jedes Ausatmen zog sich in einem kehligen Stöhnen in die Länge.

André konnte nicht mehr an sich halten. Sein Damm zog sich zusammen, seine Eier pulsierten und sein Schwanz ging in ein Zucken über. Dennoch stieß er die letzten Male kräftiger zu, gab noch einmal alles.

Die Nadeln drangen tief in Vivians Fleisch ein, der gewaltige Drang, alles rauszulassen überstieg ihre Kontrolle. Sie ließ los. Die Orgasmuswalze erfasste sie. Ihr Leib bebte, ihr Innerstes vibrierte und der Druck in ihrem Unterleib presste Körpersäfte aus ihr heraus, die sie bislang nicht kannte.

In ausgiebigen Schüben ergoss sich André in ihr.

Vivian spritze in einem einzigen druckvollen Schwall in den Kleiderschrank. Ihre Knie wurden weich, ihre Kräfte verließen sie und sie hing nur noch am Gürtel. In dem Moment als der mächtige Schwanz aus ihr herausglitt, zuckte sie noch einmal heftig zusammen.

André löste schnell den Gürtel. Vivian war so kraftlos, dass sie im Schrank zusammensackte und dabei ein paar von Frau Stetters Kleidern mit sich zu Boden riss.

Tim ergoss sich währenddessen ebenfalls pumpend in seine Hose, seine Lust dabei leise in die Armbeuge stöhnend.

Vivian entließ ein letztes zitterndes Stöhnen, leise aber nicht enden wollend.

»Oh Gott«, sagte André.

»Keine ... Sorge ...«, ächzte Vivian. »Die ... Sauerei ... mach ... ich ... noch ... weg. Mmmmh!«

»Ich meinte eher, wie ... wie ... geil ... ! Scheiße.«

Tim wandte sich ab und verschwand auf Zehenspitzen in sein Zimmer.

Herr Stetter verstaute sein erschlaffendes Glied und richtete seine Kleider. »Ich ... also, ich muss dann mal.«

»Ja«, keuchte Vivian atemlos, »versteh ... ich.«

André ging neben Vivian in die Knie und strich ihr eine Strähne aus der klebrigen Stirn. »Du ... also, arbeitest du weiter für uns?«

Vivian lächelte. »Darauf können Sie wetten.«

Herr Stetter strich ihr zärtlich mit den Fingerspitzen über den Rücken und richtete sich auf.

Die Berührung war wie Strom auf ihrer Haut, sie zuckte wohlig zusammen. Ihr ganzer Körper war eine einzige erogene Zone.

André murmelte schüchtern eine Verabschiedung und verließ den Raum.

Vivian sammelte sich. Sie roch Sex, was angesichts der Tatsache, dass sie in ihrer eigenen Pfütze kauerte, kein Wunder war. Noch wollte sie sich aber nicht anziehen, um zur Tagesordnung überzugehen. Sie musste Tim vorher einen Besuch abstatten. Der kleine Perversling hatte genüsslich dabei zugesehen, wie sie sich von seinem Vater hat ficken lassen. Mal sehen, was er ihr jetzt noch zu bieten hatte.

Vivian griff nach der Kleiderstange und zog sich mühsam hoch. Ihre Beine waren noch immer weich, dennoch torkelte sie langsam vorwärts, griff im Vorbeigehen nach der Tube Gleitgel auf dem Bett und steuerte das Zimmer von Tim an ...

Die neue Babysitterin - 3

Tim lehnte noch immer keuchend an seiner geschlossenen Zimmertür. Was er eben gesehen hatte, brachte ihn völlig durcheinander. Faszinierte und erregte ihn aber zugleich. Doch was hatte Vivian mit dieser Aktion bezwecken wollen? Mit ihm spielen? Ihn eifersüchtig machen? Ging es ihr nur um Sex – wollte sie einen Triumph einfahren, oder war sie, wie er bis eben noch gehofft hatte, an ihm interessiert?

Eher nicht, musste er sich eingestehen, denn sonst hätte sie es vermutlich nicht vor seinen Augen mit seinem Vater getrieben.

Wieder war er von der Welt der Mädchen enttäuscht worden. Dennoch kam er nicht umhin, sich einzugestehen, dass ihm gefallen hat, was sich eben im Kleiderschrank zugetragen hatte. Vielleicht, so kam es ihm in den Sinn, hat sie ihn damit sogar gerettet. Hätte sie nicht die Aufmerksamkeit seines Vaters auf sich gezogen, wäre dieser womöglich dahintergekommen, was Vivian mit seinem Sohn wortwörtlich *getrieben* hatte. Sie wäre vermutlich ihren Job los gewesen. Und er hätte Hausarrest bis zu seiner Volljährigkeit bekommen.

Wobei, sein Vater wäre sicher stolz auf ihn.

In Gedanken schimpfte er sich selbst einen Idioten, denn genau das mussten ihre wahren Absichten gewesen sein. Dennoch spürte er Eifersucht. Wie das in seinen Ohren klang: eifersüchtig auf den eigenen Vater.

Es klopfte an seiner Tür und fast hätte Tim Vivian vergessen. Offenbar war sie noch im Haus und nicht mit sofortiger Wirkung gefeuert worden. Erhoffte sich sein Vater dadurch weitere Ausschweifungen dieser Art mit der Babysitterin? Er wischte den Gedanken schnell beiseite.

Tim löste sich von der Tür und öffnete sie. Vivian stand nackt wie sie war und von der Hüfte abwärts nass glänzend vor ihm, irgendetwas in der einen Hand haltend, mit der anderen an den Türrahmen gestützt. Sie hatte noch immer nicht sämtliche Kraft in den Beinen zurückerlangt.

Vivian schubste Tim in der Raum, folgte ihm, stieß ihn aufs Bett und ließ sich neben ihn fallen.

»Dich hat es geil gemacht, zu sehen, wie dein Vater mich von hinten rammelt«, sagte sie mit Bestimmtheit. »Bist du vielleicht ein bisschen pervers? Ich meine, hey, der eigene Vater ...«

Tim, der auf dem Rücken lag, rutschte etwas höher und stützte sich auf seine Ellenbogen. »Äh ...«

»Muss dir nicht peinlich sein. Ich liebe perverse Jungs. Und Männer. Vielleicht auch Frauen, wer weiß, das muss ich noch ausprobieren.«

Vivian hatte die Absicht, mit einer Frau ins Bett zu gehen? War nach seinem Vater womöglich noch seine Mutter an der Reihe? Sofort hatte Tim Bilder im Kopf, die ihn erregten. Sein Schritt wölbte sich schon wieder. Herrje, konnte dieses Mädchen denn gar nicht genug bekommen?

Vivian legte sich neben ihn und fuhr mit einer Hand unter sein Shirt, kraulte seinen straffen Bauch und fuhr über seine Brust, die bereits Anzeichen von festen Muskeln aufwies. Er war in seiner körperlichen Entwicklung dabei, eine männliche Statur anzunehmen. Schon bei ihrer ersten Begegnung, war ihr sein V-förmiger Körperbau aufgefallen.

»Fass mich an«, forderte sie ihn auf.

Tim hatte zunächst etwas Hemmung, weil sie so nass war und er glaubte, es sei Urin gewesen, den sie im Kleiderschrank verspritzt hatte.

Vivian erkannte sein Dilemma. »Hey, ich habe nicht gepinkelt«, klärte sie ihn auf. »Das ist ... irgendetwas anderes.«

Tim lächelte verlegen, fuhr dann mit seiner Hand über ihre feuchte Haut, strich über ihre Seite nach oben zu ihren kleinen Brüsten.

»Ich bin immer noch richtig geil. Oder schon wieder«, sagte Vivian. »So kenne ich mich gar nicht.« Vivians Hand wanderte tiefer, bis hinab zu Tims Schritt, und strich über die beachtliche Beule in seiner Hose. »Und wie ich merke, bist auch du unersättlich, du Hengst.«

Wow, sie hatte ihn Hengst genannt. Tim fühlte sich geehrt. In der Tat hätte er nicht gedacht, so oft hintereinander einen Steifen bekommen zu können. Da hat sich das jahrelange Wichsen – teils mehrmals täglich – ausbezahlt.

»Das ... liegt an dir«, sagte er und gewann ein wenig an Selbstsicherheit. Wie, um diese Aussage zu unterstützen, fuhr er über ihre zarten Brüste und dann über die weiche Haut ihres Bauches hinab zu ihrem Schamhügel.

»Findest du mich eigentlich geil?«, wollte sie von ihm wissen, obgleich sie die Antwort kannte, daher ließ sie ihn gar nicht erst zu Wort kommen. »Zeig mir, wie geil du mich findest.«

Vivian öffnete den Verschluss seiner Jeans, währenddessen Tim mit seiner ganzen Handfläche ihren Venushügel kreisend massierte.

Vivian spürte, wie sich schon wieder Säfte in ihr bildeten und ihre Brustspitzen hart wurden.

Tim glitt mit seiner Hand etwas tiefer und rieb nun direkt ihre feuchte Möse.

Vivian holte Tims spermaverschmierten Schwanz aus der Hose und fing sofort an, ihn mit festem Griff zu bearbeiten. Tim bäumte sich kurz auf, angesichts der Tatsache, dass seine Eichel nach so vielen Orgasmen äußerst empfindlich war. Umso intensiver fühlte es sich an.

»Oh Gott«, entfuhr es ihm.

»Nein, das ist ganz allein mein Werk«, gab sie frech zurück und beschleunigte das Tempo.

Tim öffnete Vivians Schamlippen, ließ zuerst zwei Finger über ihre kleine Öffnung kreisen und führte sie dann langsam ein.

Vivian atmete hörbar ein. Auch ihre Schleimhäute waren zunehmend empfindlicher, sodass ihre Erregungskurve steil anstieg. Aber sie wollte noch nicht kommen, wollte keine schnelle Nummer, wie mit Tims Vater. Sie ließ von seiner prachtvollen Härte ab, richtete sich auf, wobei Tims Finger aus ihr glitten, und setzte sich dann rittlings auf seine Oberschenkel.

»Nicht so schnell, Cowboy«, sagte sie, packte sein Shirt an den Seiten und zog es ihm über den Kopf. Sie jagte ihre Fingernägel in seine Brust und fuhr sanft kratzend über seinen straffen Oberkörper. Der köstliche Anblick seines jungen Körpers, sorgte dafür, dass sie auszulaufen begann. Soweit sie sich erinnern konnte, hatte sie noch nie Sex mit einem Jüngeren gehabt. Dafür, dass man Jungs nachsagte, sie seien wenig ausdauernd und nach dem Sex schnell desinteressiert, bewies Tim gerade das glatte Gegenteil.

Sie rutschte etwas höher, rieb ihre nasse Spalte an seinem Schwanz und vermischte so ihre Säfte.

Tim stöhnte leise, berührte Vivian am ganzen Körper, streichelte und liebkoste sie.

Vivian beugte sich zu ihm herunter und legte ihre Lippen sanft auf seine, ohne Druck auszuüben. Dann öffnete sie ihren Mund und leckte mit ihrer Zungenspitze leicht über seine Lippen. Dabei hörte sie nicht auf, sich an ihm zu reiben. Tim öffnete nun auch seine Lippen. Vivian stöhnte leise in seinen Mund.

Er sog ihren süßen Atem ein, der sich mit dem Geruch nach Sex vermischte, den sie mit ihrem ganzen Körper verströmte. Zum Glück hatte sie seinen Vater nicht geküsst.

Tim glaubte sich im Paradies zu befinden, was sein ohnehin schon hartes Glied noch härter werden ließ. Es fühlte sich an, als pumpe es sich unablässig auf und platze sogleich.

Vivian presste ihren Mund auf Tims und schob ihre Zunge tief in seine Mundhöhle, wo sie wild mit seiner Zunge spielte. Es schmatzte herrlich, während sie langsam mit ihrem Schoß bis zu seinen Knien rutschte. Dann löste sie sich von ihm, richtete sich auf, um Tim die Hose vollends von den Beinen zu ziehen. Tim half ihr dabei, und im Nu lag er nackt unter ihr. Vivian rutschte wieder hoch, so weit, dass sie knapp unter seinem Bauchnabel auf seinen Lenden saß. Dann lehnte sie sich zurück und stütze sich mit ihren Händen auf seinen Knien ab.

»Schau dir mein Loch an, Tim«, forderte sie ihn auf.

Tim starrte ihr zwischen die Schenkel. Vor Nässe glänzend konnte er erkennen, dass ihre Schamlippen rot geschwollen waren. Er befühlte und zwirbelte sie, zog an ihnen und drückte sie, sodass es für Vivian eine Wonne war. Dann ließ er die Spitze seines Zeigefingers an ihrer kleinen Öffnung kreisen. Vivian stand augenblicklich unter Strom.

»Dehn mich«, hauchte sie erregt.

Tim schob zwei Finger wenige Zentimeter weit in ihr enges Loch und spreizte sie langsam. Ihr Fleisch gab nach. Vivian entglitt ein Keuchen. »Mehr!«

Tim schob an seinen Fingern zwei weitere Finger seiner anderen Hand vorbei in ihre triefende Möse und begann damit, sie auseinander zu ziehen. Vivian stöhnte tief. Tim konnte weit in ihr glänzendes rosiges Loch sehen. Es fehlte nicht mehr viel, und er würde abspritzen. Jetzt drehte er seine Finger nach außen, dehnte sie ein wenig mehr, und drang mit vier Fingern weiter in sie ein. Vivian stöhnte lang gedehnt.

»Ich ... ah ... will noch nicht ... hmmm ... kommen«, ächzte sie mühsam.

Tim zog augenblicklich seine Finger aus ihr heraus.

Vivian drehte sich auf seinem Schoß um, sodass sie ihm nun den Rücken zuwandte.

Mit beiden Händen strich Tim an ihren Seiten nach oben und dann entlang der Wirbelsäule wieder zu ihrem Steißbein nach unten. Vivian lehnte sich vor und lag jetzt bäuchlings auf Tims Beinen, ihre Rosette nah an Tims Gesicht. Er konnte beobachten, wie Vivian sie zusammenzog und wieder entspannte. Das machte sie mehrmals, dann griff sie nach dem Vibrator, der immer noch von ihrer ersten Schandtat auf dem Bett lag, und reichte ihn Tim.

»Hier. Und mach etwas von dem Gleitgel auf das Ding und auf mein Poloch«, forderte sie ihn mit schwerer Stimme auf.

Er öffnete die Tube, schmierte den Vibrator reichlich mit dem glitschigen Zeug ein, nahm dann ein paar Tropfen auf seine Fingerspitzen und verteilte das durchsichtige Gel auf Vivians rosigem Anus.

Tim hätte nicht gedacht, dass ihn Analspiele so erregen könnten. Aber mit dem Gedanken daran, dass es so herrlich *schmutzig* war, setzte er die Spitze des mächtigen Vibrators an ihren Darmausgang und drückte mit leichter Kraft dagegen. Vivian presste, als wolle sie urinieren und entspannte somit ihren Schließmuskel. Tim überwand den Druck und der Prügel verschwand flutschend zwischen ihren Pobacken.

Vivian quiekte auf. »Richtig tief!«

Tim schob ihr das Ding bis zum Anschlag in den Darm. Dann, ohne eine Anweisung von ihr abzuwarten, schaltete er den Motor ein und der Vibrator begann dumpf in ihr zu surren.

»Oooh ... «, entglitt es ihr stöhnend.

Tim zog ihn ein Stück weit aus ihr heraus, wurde mutiger und rammte ihn ihr wieder mit Nachdruck in den Arsch.

Vivians Stöhnen wurde kehliger. Aber sie wollte mehr, richtete sich auf, hob ihr Becken, nahm Tims bis zum Zerreißen prallen Schwanz und dirigierte ihn an ihre saftige Möse, während der Vibrator tief in ihr brummte. Langsam ließ sie sich auf ihm nieder und versenkte sein dickes Stück tief in ihrem Fleisch. Ihr Stöhnen wurde lauter und heller.

So hatte Tim sie noch nie gehört und es steigerte seine Erregung bis ins Unermessliche. Was für Laute ein Mensch in höchster Erregung doch von sich geben konnte!

Vivian lehnte sich ein wenig zurück, stützte sich mit ihren Händen an Tims Schultern ab, sodass sie bei jedem Auf und Ab ihres Beckens seine Schwanzspitze an ihrem empfindsamen G-Punkt rieb. Es war eine Wonne. Beide Löcher waren herrlich gestopft und zudem spürte sie wieder diesen angenehmen Druck in ihrem Unterleib, ausgelöst durch die kraftvolle Reibung an ihrer Scheidenvorderwand. Der Drang, zu urinieren stieg wieder an. Sie hob und senkte ihr Becken und wurde dabei rasch schneller.

Ihr lautes Stöhnen wandelte sich zu abgehackten Lauten.

Tim fiel in das Stöhnen mit ein. Er unterstützte sie, indem er sein Becken hob, wann immer sie sich auf ihn herabsenkte, um so jedes Mal aufs Neue tief in sie zu ficken.

Vivians Innereien zogen sich rhythmisch zusammen. Das Drücken im Unterleib ging in ein Ziehen über. Lange würde sie es nicht mehr aushalten und einfach loslassen.

»AH-AH-AH!« Sie klang immer spitzer.

Vivian sammelte noch einmal all ihre Kräfte und beschleunigte das Tempo. Ihre Schenkel klatschten laut aufeinander.

Tim verließen langsam die Kräfte und auch sein Durchhaltevermögen. Sein Schwanz pulsierte schmerzhaft, seine Lenden zogen sich zusammen und er pumpte in mehreren kräftigen Stößen sein heißes Sperma in Vivian. Sie spürte es hart gegen ihren Gebärmuttermund spritzen.

Vivian ließ los und atmete mit einem tiefen, kehligen Laut aus, den sie schier endlos in die Länge zog. Ihr Körper zuckte und bebte unkontrolliert, ihre Organe zogen sich krampfhaft zusammen, ihre Möse kontrahierte, sodass Tim glaubte, sie klemme ihm seinen Schwanz ab. Sie bäumte sich auf. Der Druck in ihrem Schoß ließ nach, als sie spürte, wie sie selbst in einem harten Strahl abspritzte. Sie begann zu hyperventilieren, während ihre Augenlider flatterten. Kraftlos sank sie vornüber. Ihr Schließmuskel entspannte sich, sodass der Vibrator aus ihr herausflutschte. Das löste einen weiteren Impuls in ihr aus und ihr war, als käme sie noch einmal kurz. Eine heiße Nadel stach in ihre Eingeweide. Und ein weiteres Mal entließ sie einen unartikulierten Laut.

Tim verschoss seine letzten Spritzer.

Vivian schaffte es noch immer kaum zu atmen. Und auch Tims Keuchen ließ nur allmählich nach.

»Können ... wir ... das mal ... wiederholen?«, wollte Tim schwer atmend von ihr wissen.

»Klar. So ...«, sie schnappte nach Luft, »einen Sexgott ... wie dich ... hab ich noch nie gehabt. Wir werden ... noch viel Spaß ... miteinander haben!«

Mühsam hob Vivian sich von Tim runter und setzte sich schwerfällig auf die Bettkante.

»Ich schlage vor ... du bringst dein Bett in Ordnung ... während ich ... den Kleiderschrank richte, bevor deinen Eltern ... noch die Lust am Theater vergeht ... und beide wieder hier auftauchen.«

»Scheiße, ja«, sagte er.

Vivian beugte sich zu Tim herunter und küsste ihn innig. Dann stand sie auf und wankte wie betrunken aus dem Zimmer.

DRAGONFLY

André Stetter lag nackt auf dem mit Satinbettwäsche bezogenem Bett. In Alexas Bett – seinem Lieblingscallgirl.

Der Raum war abgedunkelt, André sah nicht einmal die eigene Hand vor Augen. Das war Alexas Idee gewesen, aber er vertraute ihr blind. Welch lahmes Wortspiel, dachte er sich.

Alexa hieß wirklich so. Nachdem André schon seit knapp zehn Jahren ihre Dienste in Anspruch nahm, hatte sie ihm vor kurzem ihren wahren Namen verraten, der ungleich schöner war als ihr Berufsname. Natürlich hatte er von Anfang an gewusst, dass Lana nur ein Künstlername war, wie ihn jede Prostituierte hatte.

Alexa war eine der wenigen Professionellen in Wernersweiler, die vertraute Stammkunden bei sich zu Hause empfing. Und André gehörte zu diesem exquisiten Kreis. Das kostete zwar etwas mehr, aber als praktizierender und anerkannter Paartherapeut brauchte er sich keine Sorgen in finanzieller Hinsicht zu machen.

Zwar hatte André auch andere Möglichkeiten, seine Sexfantasien auszuleben, aber er liebte es, dafür zu bezahlen. Es hatte etwas Verruchtes, Unanständiges an sich. Das Rotlichtmilieu zog ihn magisch an. Gerne besuchte er Table-Dance-Bars, um sich dann vor seinem Besuch bei Alexa einen Lapdance zu gönnen.

Sein Verhältnis zu Alexa basierte auf gegenseitigem Vertrauen. Mittlerweile wusste André schon sehr viel über sie. Unter anderem, dass sie bereits als Schülerin damit angefangen hatte, ihren Körper für Geld anzubieten. Zuerst aus Neugierde, dann um sich ihr Taschengeld aufzubessern. Er wusste, dass Alexa Frauen lieber mochte. Aber das tat ihrem Arbeitsethos keinen Abbruch. André hatte eher das Gefühl, dass sie sich so mehr auf die Sache konzentrieren konnte. Nüchtern, aber professionell. Dafür hatte sie stattliche Preise. Sie konnte sich ihre Freier wahrlich aussuchen, und sie bevorzugte Stammkunden. Seit Jahren war es so, dass man nur über einen erlauchten Kreis an sie herankam. Oder war es gar schon immer so?

Mit einem Kribbeln im Bauch wartete André darauf, dass die Wohnungstür aufging. Alexa hatte unten an der Haustür einen speziellen Gast in Empfang genommen, und André wartete nur darauf, den Schlüssel im Schloss zu hören. Er hatte sich nach langem Überlegen dazu entschieden, sexuell einen Schritt weiter zu gehen. Heute würde es aufregenden Sex zu dritt geben. Für sich genommen, war ein Dreier nichts Neues für ihn, auch wenn er eher selten in den Genuss eines solchen kam. Doch heute Abend sollte es ein spezieller Gast sein.

Ein wenig bedauerte er, dass der Sex heute nur im Dunkeln stattfinden würde, aber er hatte es selbst so gewollt – für das erste Mal. Es würde seine Spannung bis zum Zerreißen steigern, wenn er nicht wusste, was mit ihm geschah, oder wer ihn liebkoste. Er wusste ja immerhin, wie umwerfend Alexa aussah. Mit ihren fünfunddreißig Jahren hatte sie noch immer eine Figur wie ein Model, mit langen schlanken Beinen, einem kleinen Apfelpo, und honigmelonengroßen Brüsten. Ihre Haut war samtweich und glatt, ihr Gesicht noch immer das einer Jugendlichen – und sie machte viel dafür, dass es so blieb, schließlich war das ihr Kapital. Wobei sie sich um Finanzielles keine Sorgen mehr machen musste. So war diese Wohnung ihr Eigentum.

Das Schloss klickte, die Wohnungstür ging auf. Für einen Moment war der Schlitz unter der Schlafzimmertür erhellt. Die Tür fiel dumpf ins Schloss, es war wieder dunkel; und André hörte durch den Teppich gedämpfte Schritte. Sie kamen näher, bis die Zimmertür aufging.

Für Alexa war es zwar nicht das erste Mal, dass sie Dragonfly begrüßen durfte, wie sich ihr Gast nannte, aber André würde zum ersten Mal ihre spezielle Dienstleistung in Anspruch nehmen, was zwar nicht billig war, aber so ein Erlebnis gönnte man sich nicht jede Woche.

Alexa setzte sich zu ihrem Freier aufs Bett; die Matratze gab leicht nach.

»Aufgeregt?«, wollte sie mit samtweicher Stimme von ihm wissen.

»Ich kann nicht leugnen, dass ich ein wenig aufgeregt bin.«

»Keine Sorge, Dragonfly ist sehr einfühlsam und vorsichtig. Wenn es dir zu viel wird, sag es.«

»Okay. Aber du weißt ja auch, wie neugierig ich bin. Ich werde alles versuchen«, sagte André.

Alexa strich ihm übers Bein.

»So kenn ich dich – mein Bester!«

»Keine Sorge, ich beiße nur auf Wunsch!«, sagte Dragonfly beim Betreten des Raums mit sonorer Stimme, die eine Spur zu tief für eine Frau war.

Alexa ließ ihre Hand auf Andrés Bein höher wandern und nahm unvermittelt sein schlaffes Glied in die Hand, um es ungefragt zu massieren. »Soll ich dich schon mal warm machen?«

»Mhm«, stimmte er zu und schon richtete sich sein Schwanz unter ihrer geschickten Hand zu stattlicher Größe auf.

Alexa mochte seinen großen und dicken Schwanz, der ihr, trotz ihrer Vorliebe für Frauen, erstaunlich viel Freude bereitete. Sie hatte nichts gegen Pene-tration an sich; doch in der Regel gönnte sie sich diesen Spaß mithilfe einer veritablen Auswahl an Toys – in allen anderen Fällen ging sie zu ihrer Freundin Isabella.

Alexa kroch zu André aufs Bett, direkt zwischen seine Beine, und nahm seinen beschnittenen Schwanz in den Mund, saugte aber nur sanft an ihm – er musste noch eine Weile durchhalten.

Gerade als André genussvoll zu stöhnen begann, ließ sie von ihm ab und er spürte, wie sich Dragonfly aufs Bett begab. Vorwitzig tastete er nach ihr und befühlte sie, ließ seine Hände forschend über ihren Körper wandern.

Dragonfly trug nur eine Korsage, die ihre üppigen, weichen Brüste verhüllte, und einen Slip. Ihr langes Haar trug sie offen. Ihre Beine fühlten sich kräftig an, dennoch war sie insgesamt von schlanker Gestalt und hatte eine samtene Haut.

André befühlte jeden Teil ihres Körpers und stellte zu seiner Erleichterung fest, dass sie überall rasiert war. Wobei, in ihrem Schritt war er noch nicht ...

»Jetzt kennst du mich schon etwas besser, Süßer«, flötete sie. Und an Alexa gewandt: »Schüchtern ist er ja gar nicht.«

»Obwohl es sein erstes Mal ist«, erwiderte diese.

»Ach, wie süß«, quiekte Dragonfly. Und zu André gerichtet: »Und du bist dir sicher, dass du das willst?«

»Lass uns anfangen«, sagte André trocken.

»Okay, Schätzchen.«

Dragonfly begann damit sich auszuziehen. Alexa half ihr mit der Korsage. Dann umschloss Alexa von hinten Dragonflys runde Brüste und massierte sie, um auch sie heiß zu machen. Alexa ließ ihre Hände an den Seiten ihres Gastes tiefer wandern, griffen nach dem Bund ihres Slips und zogen ihn ihr geschickt von den Hüften. Dragonflys prächtiger Schwanz schnellte hervor, was nur leider keiner sehen konnte. Doch André würde es gleich zu spüren bekommen.

André tastete ins Nichts und spürte dann den harten Schwanz. Er stöhnte leise. Wenn er bislang auch kein Faible für männliche Geschlechtsteile hatte, musste er der Dame, dem Herrn, oder wie auch immer, attestieren, dass es sich angenehm in seiner Hand anfühlte. Als Frau würde er den Knüppel lieben. Unvermittelt fing er an, ihn zu wichsen.

Alexa ging in die Hocke und griff durch Dragonflys Beine hindurch ihre Hoden und massierte sie.

Andrés Härte stand immer noch wie eine Eins. Er konnte nicht anders, aber zu spüren, wie Alexa ihn bei seiner Handarbeit unterstützte, erregte ihn, auch wenn es nicht sein eigener Schwanz war. Es war ein seltsames, aber nicht unangenehmes Gefühl. Es begann André geil zu machen.

Alexa leckte genüsslich über die Pobacken des Transsexuellen, wanderte tiefer und umkreiste Dragonflys kleine Rosette. Und diese schnurrte wohlig.

Dragonfly legte eine Hand in Andrés Nacken und zog ihn zu sich heran. Sie fuhr mit ihren Händen massierend über seinen kräftigen Körper und näherte sich dabei mit ihrem Gesicht dem seinen.

André spürte ihren Atem, betastete mit seinen Fingern vorsichtig ihre Gesichtszüge. Ihre Lippen voll, ihre Nase klein und ihre Augen mit langen Wimpern bestückt. Nach anfänglichem Zögern drückte er seine Lippen auf ihren Mund. Es fühlte sich zuerst... seltsam an. Küsste André eine Frau oder einen Mann? Er spürte eine Frau, hatte aber eben noch einen Schwanz in der Hand gehabt. Egal, der Kuss hatte dieselbe sinnliche Intensität wie der einer Frau. Und war genauso zärtlich, weich und leidenschaftlich.

Dragonfly schob ungefragt ihre Zunge in Andrés Mund. Er ließ sie gewähren und gemeinsam versanken sie in einem nassen Spiel ungezügelter Zungen.

Alexa war um die beiden herumgekrochen und kniete nun hinter ihrem Stammfreier, fasste ihm zwischen die Beine und begann damit, seine Hoden zu massieren und über seinen Nacken zu lecken.

André verschlang die Transsexuelle nachgerade, so tief stieß er in ihren Rachen vor. Und Dragonfly schien es zu gefallen, denn sie erwiderte die Küsse schmatzend und saugend.

Für alle drei klang es wie Musik in ihren Ohren.

Alexa glitt mit ihrer Zunge Andrés Rückgrat entlang nach unten bis zu seiner Poritze, strich mit der Zunge hindurch bis sie seinen Anus erreichte und diesen hingebungsvoll leckte.

Für André bot dieser Abend lauter neue Eindrücke und Emotionen. Noch nie hatte er eine Transsexuelle geküsst, und tatsächlich wurde noch nie sein Anus oral bedient. Es fühlte sich herrlich nass und kühl an, wenn er Alexas Atem an dieser empfindlichen Stelle spürte.

Er löste seinen Mund von Dragonfly.

Alexa schob sich zwischen die zwei, nahm in jede Hand einen Schwanz und fing an, sie hart zu wichsen.

André wog die nachgiebigen Brüste von Dragonfly in seinen Händen und knetete sie dann hingebungsvoll.

Dragonfly drückte André mit sanfter Gewalt nach hinten, und dieser ließ sich an Alexa vorbei in die Kissen fallen. Fast zeitgleich fielen dann die zwei Damen über ihn her. Alexa setzte sich auf sein Gesicht, während Dragonfly ungeniert seinen Knüppel in den Mund nahm, um genüsslich an ihm zu saugen.

André nahm den vertrauten Geschmack von Alexa in sich auf. Seine Zunge steckte tief in ihrem nassen Loch, während seine Nase gegen ihren Kitzler stieß.

Und Alexa rieb sich förmlich an seinem Gesicht. Sie spürte seine Zunge in sich, und das Stupsen seiner Nase gegen ihren erigierten Lustknopf. Leise begann sie zu stöhnen, während ihre Säfte aus ihr herausflossen und André gierig von ihr trank.

André umschloss dann ihre Klitoris mit seinen Lippen und fing an, an ihr zu saugen, während er in genussvoller Ekstase spürte, wie ihm zeitgleich einer geblasen wurde. Denn Dragonfly machte das ausgezeichnet!

Dragonfly tastete nach dem Nachtschränkchen, nahm ein Kondom aus einer Schale und zog es in eingeübten, schnellen Bewegungen über Andrés rotglühenden Schwanz.

André konnte kaum erklären, was da gerade mit ihm passierte, so sehr genoss er es, aus seiner Lieblingshure zu trinken und miterleben zu dürfen, wie sie ihrem ersten Höhepunkt entgegenflog.

Für Alexa fühlte es sich an, als hebe sie ab, als ihre Glieder immer leichter zu werden schienen, je mehr er sie aufsaugte.

Dragonfly positionierte sich breitbeinig über Andrés Schoß. Sie benetzte ihren Anus mit Speichel, zog ihre Pobacken auseinander und ließ sich dann langsam auf Andrés Schwanz sinken.

Plötzlich spürte André, wie er in etwas Enges, Festes eintauchte. Zuerst nur seine Schwanzspitze, dann glitt er immer tiefer, bis sein Schwanz zur Gänze in Ir-gendwas verschwunden war. Erst als er spürte, dass Dragonfly auf ihm zu reiten begann und dabei guttural zu stöhnen anfing, wurde im klar, worin sich sein Schwanz befand. Und es war geil!

Yeah, ich ficke eine ... einen ... egal, dachte er sich und spürte dann, wie seine Sinne schwanden.

Alexa ließ sich gehen und hinwegtragen von einem Orgasmus, der sie kurz verstummen und dann zusammenzucken ließ. Dann ächzte sie noch einmal gedehnt, während André ein letztes Mal mit seiner Zunge durch ihre geschwollene Spalte fuhr und sie kurz erbeben ließ.

Befriedigt rollte Alexa von ihm herunter.

Dragonfly, die rücklings auf André saß und ihn fest ritt, lehnte sich zurück. Alexa beugte sich zu Dragonflys Schwanz herunter, nahm ihn zwischen die Lippen und begann damit, ihn genussvoll einzusaugen. Die Transsexuelle stöhnte laut auf.

André umschloss die Brüste von Dragonfly und massierte sie kreisend, zog an den Nippeln und drückte sie fest. Sie wandte sich keuchend zu ihm um und beide verschlangen sich mit ihren Zungen.

Alexa blies weiterhin den Schwanz ihres Gastes und rieb ihn dabei kontinuierlich schneller werdend.

Dragonfly wollte so noch nicht kommen, wollte André zuerst das geben, wonach er sich sehnte. Also löste sie sich von ihm und stieg von ihm herab, wobei sein Schwanz aus ihrem Arschloch glitt. Sie zog ihm das Kondom ab und küsste dann Alexa, die dies als Zeichen verstand, ihrem Stammfreier das letzte bisschen an Verstand herauszuvögeln.

Alexa legte sich neben André aufs Bett. »Jetzt fick *mich*!«, forderte sie ihn auf, nahm ein Kondom, welches sie ihm rasch überzog und machte ihre Beine weit auf.

André setzte sich zwischen ihre Schenkel und betastete die geschwollene Möse vor sich, wie sie schon wieder Nässe vergoss. Er beugte sich über Alexa, nahm seinen Schwanz und stieß ihn mit einem Mal bis zum Anschlag in ihr weiches Fleisch.

Alexa schrie auf, schlang dann ihre langen Beine um seine Hüften und zog ihn zu sich herunter. Mit beiden Händen packte sie seinen Kopf, zog ihn zu sich heran und presste ihren Mund hart auf seinen. Sie schmeckte sich selbst und sie schmeckte Andrés Geilheit. In ihrer Möse begann es schon wieder herrlich zu pumpen.

Dragonfly zog sich ein Kondom über ihre pralle Härte, platzierte sich hinter André und hielt ihn an seinen Hüften fest, sodass André kurz beim Ficken innehalten musste. Dragonfly leckte über Andrés Poloch. Dieser spürte die flinke Zunge und freute sich auf das, was gleich kommen musste, während er weiter regungslos und zur Gänze in Alexa steckte, die dafür ihrerseits ihre Beckenbodenmuskeln im Takt an- und wieder entspannte. Derweil spielten ihre gierigen Zungen wild miteinander.

Mit ihrer Schwanzspitze stupste Dragonfly gegen Andrés After und zog dann seine Arschbacken auseinander, was sein Loch etwas weitete.

André versuchte sich zu entspannen, atmete langsam aus, und wie in Zeitlupe tauchte Dragonfly in den Darm des Freiers ein.

André stöhnte grunzend in Alexas Mund.

Millimeter für Millimeter versenkte Dragonfly ihren Schwanz in Andrés Eingeweiden. Zu wissen, dass er bis eben eine anale Jungfrau war, machte es für Dragonfly nur umso aufregender, genussvoller und intensiver. Sie wusste nicht, ob sie sich noch lange würde zurückhalten können, deshalb zog sie ihren Schwanz langsam zurück, um dann sofort wieder wild in ihn hineinzurammen.

André ließ von Alexas Mund ab, keuchte immer schneller, laut und stürmisch, während Alexa anfing, ihr Becken unter ihm kreisen zu lassen, dabei unablässig mit ihren Mösenmuskeln spielend. Er glaubte, den Verstand zu verlieren. Zum einen steckte er in etwas, zum anderen steckte etwas in ihm – es war ein Gefühl, das nur schwer zu beschreiben war, und keine Frau der Welt je erleben könnte. Seine Hoden zogen sich rhythmisch zusammen.

Dragonflys Lenden fingen zu glühen an, ihr Schwanz gewann noch einmal an Volumen, füllte Andrés Arschloch prall aus und glitt schneller werdend rein und raus. Ihr Becken klatschte dabei obszön gegen seine Arschbacken.

Es glich Musik in Andrés Ohren, wie überhaupt alles in diesem Moment, wie es in einer perfekten Symphonie zusammen erklang. Stöhnen. Keuchen. Atmen. Ächzen und Grunzen. Das Klatschen von Haut auf Haut.

Es war betörend, es war geil, es war ...

André fickte und wurde gefickt. Der Gedanke kreiste unaufhörlich in seinem Kopf und machte ihn fast wahnsinnig!

Und dazu kam der betörende Geruch von Sex, der süß und schwer in der Luft lag.

Andrés Körper zuckte. Sein Unterleib zog sich zusammen.

Dragonflys Schwanz pumpte.

André explodierte förmlich, feuerte harte Schüsse Sperma in das Kondom in Alexas begehrenswerten Körper, was Alexa aber trotz des Gummis heiß spürte. Seine Arme gaben dabei nach, er sank auf sie nieder, weiter pumpend, da Alexa nicht aufhörte ihre Muskeln kontrahieren zu lassen. Es löste auch in ihr ein Kribbeln aus, das rasch zu einem Marsch von ganzen Ameisenhorden durch ihren Körper anwuchs.

Die Transsexuelle stieß noch einige Male zu, während sich das Kondom in Andrés Darm füllte. Dragonflys kehliges Stöhnen klang allmählich ab. Sie sank in sich zusammen und flutschte dabei aus André heraus.

Derart befreit, nutzte André die Gelegenheit, vollkommen besinnungslos weiter in Alexa zu stoßen, dabei auf der Welle der Lust reitend – es kündigte sich ein zweiter Orgasmus an. Mit zunehmendem Alter hatte André festgestellt, dass seine Orgasmen intensiver wurden und es schon einmal vorkam, dass sich ein zweiter, kleinerer Orgasmus dem ersten anschloss.

Alexa löste ihre Beine und hob und senkte ihr Becken im gleichen Takt, bis die Ameisenhorde in ihr zu einer Elefantenherde wurde und sie von einem Orgasmus durchgeschüttelt wurde, den sie so mit einem Freier noch nie erlebt hatte. Ein laut ausgerufenes und gedehntes „Aaaahhh" beendete ihren gewaltigen Höhepunkt.

André kam ein zweites Mal. Er grunzte erleichtert, vergoss zitternd seine letzten Tropfen und glitt dann aus Alexa heraus. Er rollte sich zur Seite und schnaufte schwer atmend, wie auch die anderen beiden, die noch vollkommen außer Puste waren.

»Das ... gibt es kein ... zweites Mal«, brachte André nur mühsam hervor.

»Wie ... meinst du das?«, wollte Dragonfly wissen.

»Naja«, sagte André, »man kann kein zweites Mal entjungfert werden.«

»Dir hat es also gefallen?«, fragte Alexa.

»Gefallen, meine Liebe? Ich habe in meinem Leben noch nichts Geileres erlebt!«

Einen kurzen Moment lang lagen sie einfach still da und genossen das Gefühl der absoluten inneren Ruhe und Entspannung.

»Kaffee?«, fragte Alexa irgendwann und richtete sich im Bett auf.

»Warum nicht«, sagte Dragonfly.

André setzte sich an die Bettkante. »Kostet der extra?«

Dragonfly lachte.

»Der geht aufs Haus«, sagte Alexa, lachte ebenfalls und stieß ihren Freier zurück aufs Bett.

Intimrasur

»Na, was macht dein Sexleben?«, wollte Isabella, die erfahrene Friseurin und enge Freundin von Emma, wissen und schnitt rundherum noch ein paar Millimeter vom nassen Haupthaar ab.

Emma lächelte vergnügt.

»Es läuft und läuft und läuft!«, sagte sie.

»Du bist zu beneiden, echt«, erwiderte die Friseurin. »Wenn's bei mir nur so wäre.«

Isabella war sechzehn Jahre in erster Ehe verheiratet gewesen, bis sie sich vor elf Jahren scheiden ließ und seither kaum potentielle Kandidaten für eine Partnerschaft – oder wenigstens Sex – fand.

»Hey, du hast ja immerhin noch mich!«, versuchte Emma sie zu beruhigen. »Und vielleicht schmeißen wir beim nächsten Mädelsabend einfach einmal eine Orgie bei dir.«

Isabella hielt im Schneiden inne und betrachtete ihre Freundin im Spiegel. Emma war bildschön, schlank und sexuell anziehend. Wenn sie sich hingegen selbst betrachtete – sie war schon achtundvierzig – erkannte sie nicht mehr so viel Schönheit. Emma dagegen hatte nicht einmal ansatzweise Falten im Gesicht, hatte immer noch eine fantastische Haut, was sicher auch daran lag, dass sie nicht rauchte, und hatte für ihr Alter noch immer volles, dichtes Haar. Über ihr eigenes Aussehen mochte sie nicht weiter nachdenken – zu frustrierend erschien ihr das. Hätte sie Emma nicht, die ihr schmeichelte und unermüdlich Attraktivität bescheinigte, hätte sie gar keinen Grund mehr, in den Spiegel zu blicken.

Mit Emma hatte Isabella schon das ein oder andere Mal Sex gehabt, je nachdem wie es sich ergeben hat. Mal spontan, mal durch lange Hand geplant im Pornokino oder auf dem Bahnhofsklo. Isabella war bisexuell veranlagt, was ihre Ehe damals auseinanderbrechen ließ, hatte ihr Mann doch immer das Gefühl gehabt, mit der Frauenwelt in Konkurrenz zu stehen. Und Emma war es stets egal gewesen, mit wem sie Sex hatte. Mann, Frau, wie auch immer – bei ihrem Aussehen war das kein Problem. Daraus hatte sie schon früh Kapital geschlagen. Mit fünfzehn hatte sie gemodelt, mit achtzehn Jahren dann kleinere Rollen in Serien und TV-Filmen belegt und viel in der Werbung gearbeitet.

Isabella hingegen hatte immer nur einen eigenen Laden gewollt. Zuerst eine Kneipe, als sie mit zwanzig von zu Hause ausgezogen war. Dann hatte sie zur Friseurin umgeschult und darin ihren Meister gemacht. Und seit zweiundzwanzig Jahren nun hatte sie diesen netten kleinen Friseursalon. Neben ihrem, gab es nur noch einen, in dem die Mitarbeiterinnen oben ohne frisierten*. Seither kamen die

Männer nicht mehr zu ihr. Aber mit ihren weiblichen Kundinnen allein konnte sie den Laden zum Glück immer noch halten.

»In jungen Jahren hast du nichts anbrennen lassen«, sagte Isabella zu Emma.

Emma blickte ihre Freundin erneut durch den Spiegel an.

»Ja, ich wusste mich schon immer zu vergnügen. Aber ich habe auch heute noch eine funktionierende Libido, die befriedigt werden will.«

Isabella fuhr einmal mehr mit dem Kamm durch Emmas prachtvolles Haar. Seit einer halben Stunde war der Laden geschlossen und leer von Mitarbeitern und Kunden. Die Beleuchtung war auf ein Minimum reduziert, sodass es gemütlich war. Vom Schaufenster aus war der Schneideplatz nicht einzusehen, weshalb sie absolut ungestört waren. Im Hintergrund lief unaufdringliche Fahrstuhlmusik.

»So, fertig«, sagte Isabella und begann mit einer Kopfmassage, die es bei ihr immer zum Abschluss gab.

Emma seufzte und entspannte sich. Sie liebte diesen Service. Und ja, es erregte sie immer wieder. Isabella wusste das ganz genau und nutzte es gerne, um daraus eine Art Vorspiel zu machen, wobei sie auch Emmas Ohren kraulte und manchmal wie zufällig mit ihren Fingerspitzen über ihren Nacken strich und ihre Schultern mit einbezog.

»Mmmm«, machte Emma. »Ich weiß, was du vorhast.«

Isabella kicherte. »Prosecco?«

»Wie immer!«

Die Friseurin ließ von Emma ab, um Schaumwein und Gläser zu holen. Emma befreite sich von dem Umhang.

Isabella kam mit zwei vollen Gläsern zurück und sie stießen an.

»Auf den Sex. Ob mit Mann oder Frau oder allein«, sagte Isabella und setzte sich auf den Stuhl neben Emma.

»Amen!«, meinte Emma dazu und beide tranken in großen Schlücken. »Und jetzt?«

»Wie immer?«, fragte Isabella.

»Wie immer!«

Emma drehte sich in dem Stuhl zu ihrer Freundin und öffnete ihre Beine. »Ist schon eine Weile her.«

»Na, dann mal los.«

Beide tranken vom Prosecco. Dann ging Isabella in den Nebenraum, um alles Nötige zu holen.

Eine angenehme Wärme machte sich in Emmas Bauch breit. In freudiger Erwartung schlüpfte sie schon einmal aus ihren Ballerinas und öffnete den Verschluss ihrer Hose. Sie stellte fest, dass ihr Höschen vor Erregung bereits feucht war. Also schälte sie sich aus der Jeans und zog dann auch ihren schwarzen Slip von den Hüften.

Isabella kam mit einem Tablett und der Flasche Prosecco wieder, stellte das Tablett vor dem Spiegel ab und füllte dann gleich noch einmal ihre Gläser.

»Aber hallo, du hast dich ja schon frei gemacht«, sagte sie anerkennend.

Das warme Gefühl in Emmas Magen breitete sich auf den übrigen Körper aus.

Isabella fasste ihre Freundin an den Knien.

»Rutsch vor, dann kannst du deine Beine leichter spreizen.«

Sie rutschte auf dem Kunstleder bis zur Sitzkante vor, lehnte sich zurück und entspannte sich.

Isabella blickte auf Emmas blonde Schamhaare, zwischen denen es nass glänzte. Sie vernahm ihren betörenden Duft, und Erregung stieg in ihr auf. Sanft spreizte sie Emmas Beine weiter. Dann nahm sie den Haarschneider vom Tablett und schaltete ihn ein. Es surrte, und es klang wie Musik in Emmas Ohren. Ihre Erregung stieg.

Isabella setzte den Apparat am Schamhügel ihrer Freundin an.

Emma entglitt ein gehauchtes Seufzen. Das Vibrieren des Gerätes ließ Emmas ganzes Becken zittern und sorgte dafür, dass sich noch mehr Säfte zwischen ihren Schenkeln ergossen.

»Gut so?«, wollte die Friseurin wissen.

»Hmmm, weißt du doch, Schätzchen!«

Isabella ließ den Rasierer über ihren Venushügel gleiten und führte ihn dann über ihre großen Schamlippen. Emma stöhnte lustvoll auf. Ihre Freundin rasierte weiter, bis zu den Innenseiten ihrer Schenkel. Emma zog ihre Pobacken auseinander und Isabella rasierte hinab bis zum Anus. Auch an dieser Stelle durchfuhr es Emma und sie zuckte erregt zusammen. Ein langes A entglitt ihrem Mund und schickte ein 'Oh Gott' hinterher.

Isabella lachte kurz auf.

»So, das wäre die grobe Arbeit.« Sie legte das Gerät weg.

»Wie schade«, sagte Emma schnurrend.

»Hey, jetzt geht's ja nicht minder geil weiter.« Isabella griff nach dem Rasierschaum und nahm etwas davon auf ihre Handfläche. In kreisenden Bewegungen trug sie den Schaum auf Emmas Scham auf.

Ihre Hand fühlte sich herrlich an und Nässe floss weiter ungehindert aus Emma heraus, was ihr in keiner Weise peinlich war.

Isabella griff nach dem Nassrasierer, setzte die Klinge an und begann behutsam mit der Nassrasur.

Wohlige Schauer durchfuhren Emmas Körper, vom Steißbein ihre Wirbelsäule aufsteigend; und setzten explosionsartig Endorphine frei. Die Klinge glitt über die empfindsame Haut und hinterließ eine

Spur aus Feuer. Hitze strahlte von ihrer Möse aus. Ihr Schamlippen glühten förmlich.

Isabella zog Emmas geschwollene Schamlippen auseinander, um sie besser rasieren zu können. Emma stöhnte jetzt ungezügelt mit offenem Mund.

Nachdem auch diese Stelle rasiert war, glitt die Klinge tiefer zu ihrem Anus. Emmas zog wieder ihre Pobacken auseinander. Ihr Atem ging schneller, ihre Augenlider schlossen sich schwerfällig. Bevor es für Emma ekstatischer werden konnte, war die Rasur aber leider beendet. Isabella tupfte Emmas Möse ab.

»Na, wie fühlt es sich an?«, wollte die Friseurin wissen.

»Lass es mich spüren, damit ich es dir sagen kann«, hauchte Emma erregt.

Isabella beugte sich vor, drückte ihren Kopf zwischen Emmas Schenkel und streckte dann die Zunge aus, um über die glatte Haut von Emmas Venushügel zu lecken.

»Fühlt sich geil an«, meinte Emma mit belegter Stimme. »Oooh.«

Isabella machte unablässig weiter, bedeckte ihre Scham mit sanften Küssen, saugte genüsslich und hingebungsvoll an den frisch rasierten Schamlippen. Emmas schneller Atem ging wieder in ein beständiges Stöhnen über. Ihre beste Freundin stieß ihre Zunge schließlich und endlich in das heiße Fleisch von Emmas pochender Spalte. Emma spürte nicht mehr den Sessel, in dem sie saß, nicht mehr ihre nackten Füße auf den kühlen Fließen – überhaupt registrierte sie ihre eigene Anwesenheit nicht mehr, hob ab, war körperlos und frei von jeglichem Zeitgefühl. Sie stand kurz vor einem heftigen Orgasmus.

Isabella nahm nun Emmas Kitzler zwischen die Lippen und begann an ihm zu saugen. Es bedurfte nur weniger Sekunden dieser schmackhaften Liebkosung und in Emma brach es aus. Sie zuckte unkontrolliert zusammen, stieß einen langen unartikulierten Laut aus und fing an zu zittern. Die Wellen des Höhepunktes brandeten durch ihren Körper und erreichten jeden Winkel, bis in die Haarspitzen und in die Zehen.

Doch Isabella ließ noch nicht locker, tauchte zwei Finger in die weit geöffnete Möse ihrer Freundin und fickte sie in immer schneller werdenden Bewegungen. Emma glaubte wahnsinnig zu werden, so intensiv fühlten sich die zwei Finger in ihrem Loch an. Isabella drang tiefer in sie ein. Emma bäumte sich auf, als Isabella erneut an Emmas geschwollenem Kitzler saugte, bis ihre Freundin noch einmal und noch heftiger kam als zuvor. Emma krallte ihre Fingernägel in die Armlehnen, entließ ihrem weit geöffneten Mund einen gedehnten Laut und sackte dann kraftlos in dem Stuhl zusammen. Dabei stöhnte sie weiter leise vor sich hin, hatte ihre Augenlider fest geschlossen, als Isabella ihre Finger aus Emmas

Möse zog und diese anschließend genüsslich abschleckte.

Als der Höhepunkt allmählich abebbte, lächelte die Friseurin verschmitzt. »Alles gut?«

»Wie immer! Und immer wieder intensiv!«

Emma lehnte sich vor, nahm Isabellas Kopf in beide Hände und begann sie leidenschaftlich zu küssen. Dabei setzte sie auch ihre gierige Zunge ein. Isabella erwiderte die wilden Zungenspiele.

Dann richtete sich Isabella auf und nestelte am Verschluss von ihrer Hose herum. Emma half ihr dabei, bis ihre beste Freundin endlich mit nacktem Unterleib vor ihr stand.

»Mach es mir!«

Emma ließ sich das nicht zweimal sagen, befingerte Isabellas nass triefende Spalte und mit der anderen Hand ihre üppigen Brüste. Dann nahm sie Zeige- und Mittelfinger und führte sie behutsam in ihre heiße Möse ein, teilte das glitschige Fleisch, zog sie langsam wieder heraus, um das Ganze mit steigendem Tempo zu wiederholen.

Isabellas Körper wurde von Hitze durchflutet. Sie erklomm den drohenden Höhepunkt, doch sie brauchte mehr Widerstand.

»Mehr Finger!«, brachte sie stöhnend hervor.

Emma drang mit vier Fingern in die Friseurin ein.

»Ja! Fester!«

Ihre Freundin stieß daraufhin grob in sie hinein. Und weil sie wusste, dass Isabella auf Analspiele stand, führte sie einen Finger der anderen Hand ohne Vorwarnung in das enge Poloch der Friseurin ein.

Isabella entglitt ein kurzer spitzer Schrei. Dann stöhnte sie laut und aus voller Kehle. Und ohne eine weitere Anweisung abzuwarten, zog Emma ihre Finger aus dem nassen und geweiteten Loch heraus und setzte dann zusätzlich auch ihren Daumen ein. Emmas ganze Hand verschwand problemlos in Isabellas bis zum Zerreißen gespanntem Loch. Emma bildete in Isabellas Unterleib eine Faust und begann damit, sie vorsichtig vor und zurückzubewegen.

Hitze erfasste Isabella glutheiß und Lava ergoss sich über sie. Sie krampfte um Emmas Faust. Ein lang gezogenes Seufzen entglitt der Friseurin.

Emma steigerte das Tempo und rammte jetzt den Finger der anderen Hand in einem schneller werdenden Rhythmus in Isabellas Anus. Sie spürte, wie auch dort das Fleisch pulsierte.

Isabella stieß einen tiefen und erstickten Schrei aus, als sie kraftlos neben dem Stuhl zu Boden ging, wobei Emmas Hand und ihr Finger aus ihr herausglitten. Dabei zuckte sie ein letztes Mal zusammen.

Emma setzte sich zu ihrer Freundin auf den Boden.

»Verdammt ... wir dürfen ...«, hechelte Isabella schwergängig, »uns bis zum nächsten Mal ... einfach nicht zu viel Zeit lassen!«

»Ich gelobe Besserung.«

Beide lachten und leerten an diesem Abend eine weitere Falsche Prosecco, bevor sie nach Stunden beschwingt den Laden verließen.

*aus dem Erzählband FREMDE LUST

In der ersten Reihe

Vivian stand dicht gedrängt in der ersten Reihe des Konzerts und headbangte ungezügelt zur harten Gitarrenmusik, sodass ihre langen Haare ihr nur so um die Ohren flogen. Nicht nur ihre Eigenen. So bekam auch von links welche ins Gesicht, wo ein niedliches rothaariges Mädchen von geschätzt fünfzehn Jahren zur harten Musik abfeierte. Überhaupt waren hier erstaunlich viele junge Mädchen. Aber bei dieser Band, mit ihrem ansehnlichen Sänger, war das kein Wunder.

Von dem geschätzt etwa Zwanzigjährigen zu ihrer Rechten, spürte sie hingegen so manches Mal einen Ellbogen in ihrer Seite. Aber das machte alles nichts, gemessen an dem gemeinschaftlichen Erlebnis auf einem Konzert, und der aufgeheizten Euphorie, die in jeder Zelle ihres Körpers brannte. Und aufgeheizt war nicht nur ihre Stimmung, sondern auch ihr Leib – eingequetscht zwischen den wild feiernden Leuten um sie herum und dem Absperrgitter direkt vor sich. Hinter ihr stand Tim, der sich eng an sie drückte – ja, gar nicht anders konnte, denn der Teppich aus Leibern strebte stets nach vorne.

Dabei hatte Vivian sich extra luftig gekleidet. Unter ihrer kurzärmeligen, vorne verknoteten Bluse trug sie keinen BH. Und auch unter dem weiten Minirock trug sie nichts. Aber nicht allein wegen der erwarteten Hitze auf dem Konzert, sondern weil sie es so mit Tim vereinbart hatte. Tim, dem schüchternen Sohn ihrer Arbeitgeber. Wobei, die Schüchternheit war er gerade dabei abzulegen, hatte sie ihn beim Babysitten sexuell doch schon einiges gelehrt, und war ihm dabei eine überaus fähige, weil erfahrene Lehrerin. Und sie hatte ihm im Vorfeld, als sie ihm die Konzertkarten gezeigt hatte, gleich klargemacht, dass sie nicht nur wegen der Musik hinwollte. Tim hatte es sofort verstanden.

Nein, nicht nur wegen der Mucke, und nicht nur, um sich von Tim in der drangvollen Enge verwöhnen, sondern um sich dabei auch von Nori beobachten zu lassen. Nori, dem Frontmann der Band EN-THEO, die Vivian liebte, seit sie denken konnte. Mittlerweile hatten sie ihr drittes Album veröffentlicht und waren zu genau diesem Zweck auf Tour, um es zu promoten. Dass es die Band dabei sogar einmal nach Werners-weiler verschlagen würde, hätte Vivian nicht gedacht.

Nori sollte heute seinem größten Fan in die Augen sehen, sollte Mitansehen, wie Vivian unter all den Leibern vor der Bühne hemmungslos kommen würde. Und Vivian konnte sich dabei genüsslich vorstellen, Nori auf und in ihrem Körper zu spüren.

Das hatte sie Tim natürlich nicht verraten, es spielte aber keine Rolle.

Auch Tim hörte gerne ENTHEO. So war mit ihm vereinbart, dass er Vivian zwischen die Beine gehen sollte, sobald die Band *Nameless Lovesong* anspielte.

Nori, in Fetzenjeans und offenem Holzfällerhemd mit nichts drunter, steckte das Mikro an den Ständer, wischte sich seine langen verschwitzten Haare aus der Stirn, während die Instrumente verstummten.

Vivian und all die anderen fünfzehntausend Fans in der John-Lennon-Friedenshalle applaudierten wild begeistert, grölten den Bandnamen oder pfiffen vergnügt.

Nori senkte seinen Kopf, atmete einmal tief durch. Die Bühnenlichter wurden fast bis zur Dunkelheit gedimmt.

Stille machte sich breit, die Masse hielt inne, außer einigen Handy-Blitzlichtern, die durch die dunkle Halle zuckten.

Der Drummer begann mit einem schleppenden Beat. Die Leadgitarre stimmte langsam klagend mit ein. Ganz klar: *Nameless Lovesong*. Nori legte mit den ersten Worten los. »I know a girl ...«

Die Menge fing an sich von rechts nach links und zurück zu wiegen, Feuerzeuge und leuchtende Handydisplays wurden in die Höhe gehalten, aus tausenden Kehlen klangen die gleichen Lyrics.

Tim freute sich, seiner Vivian endlich Gutes tun zu können. Er lächelte in sich hinein und führte seine Hände über ihren Körper nach vorne, wo er sie unter ihre Bluse gleiten ließ und ihre süßen kleinen Titten drückte und massierte.

Vivian stöhnte leise auf, behielt dabei aber den Sänger im Auge und stellte sich vor, wie *er* ihren Körper bearbeitete.

Tim zog an ihren zarten Brustspitzen und zwirbelte sie. Vivian spürte die erste Nässe, die sich in ihrer Möse bildete. Herrlich!

Wenn andere mitkriegten, was sie hier trieben, würde es ihre Lust nur noch mehr steigern. Sie wagte einen schnellen Blick zu beiden Seiten, aber alle achteten nur auf das Geschehen auf der Bühne.

Tim fuhr mit seinen zarten Händen über Vivians flachen Bauch, stupste in ihren Bauchnabel und führte sie dann seitlich an ihren Beinen entlang nach unten, soweit Tims Arme reichten. Dort verweilten sie jedoch nicht lange, stattdessen fuhr Tim mit seinen Händen an den Innenseiten ihrer Schenkel zurück nach oben, unter ihren Rock und legte sie auf ihren kleinen Knackarsch, wo er begann ihre Pobacken zu massieren und auseinanderzuziehen. Vivians Schamlippen öffneten sich dabei im Takt.

Sie spürte, wie mehr Nässe in ihr Loch schoss.

Tim übte mehr Druck aus und verfiel in den Rhythmus des Songs.

Vivian stöhnte lauter als beabsichtigt. Schnell warf sie einen Blick nach links. Das Mädchen drehte ihren Kopf zu ihr und lächelte sie an. Lag da etwa Wissen in ihrem Blick? Und wenn schon. Vivian lächelte beseelt zurück.

Mit seinen Händen strich Tim um Vivians Hüften herum und führte sie von vorne in ihren Schoß, wo er begann, druckvoll ihren frisch rasierten, babyglatten Schamhügel zu massieren.

Vivians Blick heftete sich wieder auf den Frontmann. Nori, oder Norman, wie er eigentlich hieß, blieb am Mikrofonständer stehen. So stand er direkt vor ihr, nur drei Meter entfernt, getrennt durch ein Absperrgitter und einen schmalen Gang, in dem sich die Security und Pressefotografen aufhielten. Vivian spürte wohlige Schauer durch ihren Körper laufen. Sie verbreiterte leicht ihren Stand, soweit es ging, damit Tim mit seiner Hand tiefer rutschen konnte.

Dieser verstand sofort, hob mit einer Hand den Stoff ihres Rocks an, schob eine Hand weiter hinab in ihren Schritt und massierte dort mit flinken Fingern ihren nassen Scheideneingang.

Würde der Sänger direkt zu Vivian sehen, er könnte durch die Öffnungen im Absperrgitter mit

Sicherheit sehen, dass Vivians Unterleib entblößt war. Wobei, Tims Hand bedeckte gerade ihren Schritt, beziehungsweise bearbeitete diesen intensiv.

Vivian sog scharf die Luft ein. Wohl eine Spur zu scharf, denn eine Frau von rechts (stand da nicht bis eben ein junger Mann?) sah sie sorgenvoll an. Vivian erwiderte den Blick der geschätzt Dreißigjährigen lediglich mit einem Schulterzucken. Sie fragte sich kurz, was eine Frau ihres Alters auf einem EN-THEO-Konzert machte, als ihr einfiel, dass es die Band bereits seit zehn Jahren gab und es zudem keine zusammen-gecastete Boygroup für Zahnspangenträgerinnen war, sondern eher etwas für TOTEN HOSEN- und RAMMSTEIN-Fans.

Der Song ging in den Refrain über.

»Patience man, is all I need ...«, sang Nori mit all seinen Fans.

Tim ließ von Vivians Mösenloch ab, strich mit beiden Händen über die Außenseiten ihrer Oberschenkel.

Vivian sang ebenfalls mit. »... patience, little lady, is what you keep.«

Der Sänger ließ seinen Blick über die vorderen Reihen gleiten. Für einen kurzen Moment blieb er an Vivians verzücktem Gesichtsausdruck hängen.

Würde er sie im Ganzen betrachten, er würde nun keine nackte Scham mehr sehen. Schade.

Aber vielleicht böte sich gleich noch einmal eine Gelegenheit, denn Tim tastete sich wieder nach vorne vor, um sie erneut und ungeniert zu fingern. Ihre Schamlippen schwollen an, und er spürte ihre austretende Nässe, die über seine Finger lief. Sein Schwanz begann zu wachsen und gegen seine Jeans zu drücken.

Die Lust leckte an Vivians Verstand, als sie spürte, wie Tim mit seinen Fingerspitzen leicht in ihre heiße Körperöffnung stupste.

Tim drückte sein Becken fester gegen Vivians und bewegte sich dabei auf Zehenspitzen leicht auf und ab. Dadurch massierte er mit seinem harten Schwanz ihre Poritze.

»Patience, only this is the way ...«, ertönte es aus fünfzehntausend Kehlen.

Vivian jauchzte vergnügt, was zum Glück in einem kurzen Drumfill unterging.

Tim steckte zwei Finger in ihr Saftloch. Da er von hinten nicht tief genug in sie eindringen konnte, ließ er seine Fingerspitzen in ihr kreisen und weitete sie dabei ein wenig.

Vivian wurde heißer – heißer, als es ihr ohnehin schon war. Schweiß bildete sich auf ihrer Stirn.

Mit der anderen Hand fuhr Tim in ihren großen Ausschnitt und massierte Vivians apfelgroße Brüste.

Dem Sänger war es wohl nicht entgangen, denn er blieb mit seinem Blick einen Moment zu lange an Vivian hängen, auch wenn er sich nichts anmerken ließ. Ganz der Profi eben.

Vivians Gesicht errötete.

Tim biss seiner Freundin (war sie das denn überhaupt schon?) in den Nacken. Schauer jagten über ihren Rücken. Sie konnte ihr vormals leises Stöhnen nur mühsam zwischen den Songzeilen unterdrücken. Die Frau von rechts ließ sich nichts anmerken. Aber das junge Ding links von ihr blickte sie neugierig an und lächelte wieder. Vivian leckte sich über die Lippen. Das Mädchen quittierte es mit einem wissenden Blick. Stand sie womöglich auf sie? So ein junges Ding hatte Vivian bislang noch nicht im Bett gehabt – wäre aber mal reizvoll.

Tims Finger wurden schneller, er übersäte ihren Nacken mit zarten Bissen, knabberte zwischendurch an ihren Ohrläppchen und massierte intensiv ihre weichen Brüste.

»Look at me. What do you see?«, drang es aus den turmhohen Boxen.

Tim wollte jetzt mehr. Und tatsächlich schaffte er es in der drangvollen Enge mit einer Hand seinen Schwanz zu befreien. Er dirigierte ihn unter ihren Rock zwischen Vivians Schenkel und drückte ihn vor, bis sein Becken an ihren Hintern stieß. Er klemmte direkt unter ihrer Möse. Dann nahm er seine Finger aus ihr heraus.

Vivian ließ einen Arm sinken, griff unter ihrem Rock nach Tims praller Eichel und strich so geschickt über sie, dass sie mit ihrem Handballen zugleich über ihren Kitzler rieb. Sie stöhnte tief, legte ihren Kopf leicht in den Nacken und suchte Noris Blick. Tatsächlich suchte auch der Frontmann immer wieder den Blickkontakt zu ihr. Blut schoss in ihren Kopf, begann ihre Sinne zu benebeln. Vivian war dabei, heftig zu kommen, und ihr großes Idol sah ihr dabei zu. Wie geil war das denn? Ob man es ihr ansah, was gerade mit ihrem Körper passierte? Das Absperrgitter dürfte nur leidlich verbergen, was sie da unten mit ihrer Hand anstellte.

Tims Erregung stieg. Wenn er sie doch nur ficken dürfte. Vivian hatte aber von vornherein gesagt, dass es nicht funktionieren würde. Zum einen würde es im Stehen ohnehin schwierig werden, unbemerkt zu vögeln; zum anderen wollte sie den Rest des Konzertes nicht damit zubringen, krampfhaft zu versuchen, sein Sperma in sich zu halten. Tim hatte es eingesehen. Vivian hatte ihm aber versichert, dass er dennoch kommen dürfte – auf ihre Art.

»Look at me. What do you feel?«

Vivians Hand bewegte sich schneller. Aus Tims Schwanz quollen die ersten Lusttropfen, vermischten sich mit ihrem glitschigen Körpersaft und bildeten so ein effektives Gleitmittel. Alles flutschte prima unter ihrer Hand und die Wellen der Erregung brandeten immer höher gegen die Steilküste ihres Verstandes. Für einen kurzen Moment waren ihr sogar die Lyrics entfallen und ihre Augenlider flatterten.

Lange konnte Tim es nicht mehr zurückhalten. Hitze breitete sich in seinen Lenden aus, seine Hoden zogen sich zusammen.

Der Teenager von links, starrte Vivian unverhohlen und neugierig an. Sie musste definitiv wissen, was hier gerade passierte. Gerne würde Vivian die Lust mit ihr teilen, aber es war allein Vivians Show.

Der Druck, mit dem die zunehmend heißen Wellen auf sie eintrafen, flutete ihren Unterleib mit Lava. Vivian beschleunigte das Tempo, ihr Stöhnen verfiel in einen schnellen Rhythmus. Ein Mitsingen war nicht mehr möglich.

Tim konnte nicht mehr. Seine Hoden krampften, sein Schwanz pochte hart. Seine Eichel sandte Blitze in seinen Kopf, als die Erlösung über ihn hereinschwappte. Tim ließ es geschehen. Er pumpte und spritze in weiten Stößen ab und traf durch eine Lücke in der Absperrung einen Security-Mann an der Hose.

Vivian spürte, wie Tims Sperma herausgeschossen kam, und konzentrierte die Bewegung ihrer Hand nur noch auf ihren Kitzler, sodass er seinen

Saft ungehindert von sich geben konnte. Im gleichen Moment brach der Orgasmus über sie herein und schüttelte sie von Kopf bis Fuß durch.

Das von Vivians Gebaren faszinierte Mädchen sang nun auch nicht mehr mit, sah stattdessen mit offenem Mund zu, wie Vivian bebte.

Vivian erwiderte ihren Blick mit flatternden Augenlidern, nahm dabei aus den Augenwinkeln wahr, wie der Sänger sie ebenso beobachtete. Während die letzten Zuckungen durch Vivians Körper liefen, presste sie ihren Mund ungefragt auf die zuckersüßen Lippen des jungen Dings, schob ihre Zunge in ihren sich willig öffnenden Mund und züngelte lange und leidenschaftlich mit dieser.

Tim, der das geile Zungenspiel mit dem Teenager mitangesehen hat, vergoss den letzten Tropfen, zog sich dann zurück und verstaute sein erschlaffendes Glied schnell wieder in der Hose. Der Mann vom Sicherheitsdienst hatte nichts mitbekommen und konnte so nicht sehen, wie Tims zähes Sperma langsam an seinem Hosenbein hinablief.

Vivian stöhnte ein letztes Mal in den Mund des Mädchens, löste sich dann von ihr und lächelte sie entschuldigend an. Das Mädchen lächelte vergnügt.

»I look at you. And I feel ... I feel love!«, sang Nori und starrte Vivian unablässig an.

Diese grinste verschmitzt, und über Noris Gesicht huschte ebenfalls ein Anflug von einem Lächeln. Es war ein Geschenk für sie. Zu kommen, während ihr Idol ihr dabei zusah. Und jetzt auch noch dieses angedeutete Lächeln von ihm. Sie wusste von Nori, dass er ein äußerst ernster und melancholischer Mensch war, was mit seiner belastenden Jugend zusammenhing. Umso größer war die Bedeutung dieses Geschenks für sie.

Aber da war ja noch Tim. Sie wandte sich um, so gut es ging. Tim verstand, streckte den Kopf nach vorne und küsste seinen Schwarm.

Er fragte sich, ob sie *jetzt* vielleicht seine Freundin war.

Zahnarzttermin

Es war der letzte Termin des Tages, aber Emmas Job ließ es selten zu, dass sie einen früheren Arzttermin wahrnehmen konnte. Und heute war nach einer halben Ewigkeit mal wieder ein Kontrolltermin beim Zahnarzt fällig gewesen.

Schon beim Betreten der Praxis wurde Emma von ungewohnter Stille empfangen. Sie hatte sich etwas verspätet, der letzte Patient war daher schon längst weg. Und der Empfang war auch nicht mehr besetzt, stattdessen wurde sie direkt von der bezaubernden zahnmedizinischen Assistentin begrüßt und gleich ins Behandlungszimmer geführt.

Jetzt saß Emma auf dem unbequemen, nach hinten geneigten Stuhl und ließ sich in den Mund sehen. Links von ihr die bildhübsche Assistentin, und zu ihrer Rechten Doktor Eric Schmelzer, bewehrt mit Mundschutz, Latexhandschuhen und filigranem Werkzeug, mit dem er behutsam Emmas Zähne inspizierte. Dabei rief er sie einzeln auf, was die geschätzt zwanzigjährige Assistentin pflichtbewusst notierte.

Emma ging seit ihrer Jugend zu Schmelzer, hatte das breitschultrige Bild von einem Mann schon als Pubertierende angehimmelt. Damals hatte sie ihn bei jedem Termin ungeniert mit ihren Blicken fixiert, war in seinen dunklen, unergründlichen Augen versunken, ganz gleich, ob er es mitbekommen hatte oder nicht. Er musste ihre Blicke gespürt haben! Aber er hat es sich nie anmerken lassen. Mit zunehmendem Alter und wachsender Oberweite hatte Emma zu jedem Zahnarztbesuch enganliegende Tops, oder Oberteile mit großzügigem Ausschnitt gewählt. Und es hatte die gewünschte Wirkung gezeigt. Ein wenig. Zumindest rutschte sein Blick hin und wieder abwärts auf ihre Brüste oder zu ihrem Dekolletee, und er lächelte sie jetzt öfter an – anders irgendwie. Doch in den zurückliegenden anderthalb Jahrzehnten passierte, außer einem gelegentlichen, unschuldigen Flirt, nichts unanständiges – ganz zu Emmas Bedauern. Wie gerne wäre sie mit ihm mal ausgegangen, als sie noch ungebunden war. Aber sie weiß bis heute nicht, ob er bereits vergeben war. Bei seiner Arbeit trug er keinen Schmuck, so konnte sie nicht erkennen, ob er verheiratet war. Zudem waren ihre Besuche in den fünfzehn Jahren zu sporadisch, als dass sich da etwas hätte zwischen ihnen entwickeln können. Wenn sie nicht völlig falsch lag, war Emma das erste Mal seit fast anderthalb Jahren wieder hier. Aber der Doktor hatte nichts von seiner rauen Männlichkeit eingebüßt, auch wenn er schon Anfang Fünfzig sein dürfte. Noch immer war der Blick in seinen Augen geheimnisvoll, sein Gesicht mit Ecken und Kanten und seine Hände nach wie vor kräftig aber geschickt.

Ein Handy piepte. Die Assistentin blickte auf und sah ihren Chef entschuldigend an. Der Doktor deutete mit einem Kopfnicken zur Tür. Die Assistentin verstand und verließ das Behandlungszimmer.

»Kleinen Moment«, sagte er mit seiner rauen Stimme und zog sich von ihrem Mund zurück.

»Ich lauf schon nicht weg«, konterte Emma und musste grinsen, aufgrund ihrer Albernheit. So schlagfertig kannte sie sich gar nicht.

Eric betrachtete seine Patientin genauer. Er hatte Frau Stetter schon ewig in seiner Patientenkartei. Auch wenn er sie in all der Zeit zu seinem Bedauern nur selten zu Gesicht bekommen hat. Sie war eine sehr anziehende Frau – als junges Mädchen schon, sofern er sich recht entsann. Zumindest an ihre weit ausgeschnittenen Oberteile konnte er sich noch lebhaft erinnern. Es hatte ihn stets sämtliche Anstrengung gekostet, ihr in den Mund zu sehen, anstatt auf ihren Busen. Doch ihr Mund war nicht weniger schön, mit seinen gerade gewachsenen, makellosen Zähnen. Und ihre vollen Lippen taten ihr Übriges. Gerne hätte er sie einmal geküsst, aber mit seinen Mitarbeiterinnen und den Patienten in der Praxis war er nur selten allein in den Behandlungszimmern.

Die Assistentin kam zurück und trat an Eric heran, flüsterte ihm etwas zu.

»Okay, dann können Sie Feierabend machen. Ich komme allein zurecht. Wir sehen uns morgen.«

Die Assistentin murmelte eine Verabschiedung und verließ den Raum.

Doktor Schmelzer lächelte Emma an, und sie schmolz bei seinem Blick regelrecht dahin. Schließlich erwiderte sie sein hinreißendes Lächeln.

Aus der Ferne erklang dumpf die Praxistür, wie sie ins Schloss fiel.

»Sieht so aus, als wären wir nun allein«, sagte er verschmitzt.

Sein Blick hatte etwas, das Emmas Nervenbahnen in ihrer Möse zum Klingen brachte. Er sah sie mit einem Blick an, von dem sie genau wusste, dass er jetzt nicht mehr nur an ihren Zähnen interessiert war.

Eric versank in den dunklen Augen seiner Patientin. »Emma«, hauchte er leise. Er ließ sich ihren schönen Namen auf der Zunge zergehen.

Emma legte ihren Kopf schräg. »Ja?«

»Habe ich das eben etwa laut gesagt?«

Emma antwortete nur mit einem verlangenden Blick aus glasigen Augen. Mit Doktor Schmelzer einen Kaffee trinken zu gehen, wäre jetzt nur noch reine Zeitverschwendung. Sie waren hier und allein, wo hätten sie da anders hingehen sollen. Und die Zeit für scheue Dates war längst vorbei.

Auch Eric sagte nichts mehr, versank nur in der Tiefe ihrer geweiteten Pupillen. Warum hatte er sich nicht schon früher einmal getraut, sie auf ein Date einzuladen? Andererseits hatten sie schon einige Dates hinter sich, wenn man ihre Besuche hier dazuzählte. Sie waren quasi ein langes Vorspiel zu dem, was jetzt passieren konnte – ja passieren musste!

Noch immer sahen sie sich tief in die Augen.

Emma war nicht gewillt, die Praxis zu verlassen, ehe sie nicht von Schmelzer hart rangenommen wurde. Sie verfluchte sich dafür, heute eine Hose angezogen zu haben, aber egal. Sie öffnete leicht ihre Beine, Erics Blick fiel in ihren Schritt. Emma tat, wovon sie schon immer in ihren heißesten Fantasien geträumt hatte. Sie blickte zur Seite und griff nach dem Absauger.

»Schalten Sie ihn an!«, verlangte sie mit vor Erregung heiserer Stimme.

Eric beugte sich langsam über sie, um das Gerät zu erreichen und sog den frischen Duft ihres betörenden Parfums ein. Er betätigte eine Taste und das schlauchartige Teil fing an zu röcheln. Einhändig öffnete Emma ihre feine Stoffhose.

Eric ahnte, was Frau Stetter vorhatte und wollte ihr helfen, nachdem er erkannte, dass sie mit nur einer freien Hand nicht weit kam. Er rollte mit seinem Hocker zum Fußende des Behandlungsstuhls und nahm sich die Freiheit heraus, ihr die Hose ein Stück nach unten zu ziehen.

Emma begrüßte seine Initiative und unterstützte ihn, indem sie ihren Po anhob. Als ihre Hose über den Knien hing, streifte sie sich noch den unschuldig-weißen Slip so umständlich vom Po, dass sie beinahe selbst in schallendes Gelächter ausgebrochen wäre, doch ihre Erregung war schon zu weit fortgeschritten, als dass sie jetzt hätte Späße machen können. Einzig der Gedanke an ihre wenig erotische Unterwäsche huschte kurz durch ihren Verstand, sie wischte ihn aber schnell beiseite.

Erics Blick fiel direkt auf ihren glattrasierten Schamhügel.

Emma nahm den Absauger und führte ihn ohne Umschweife an ihren Schritt. Sie legte mit zwei Fingern ihre Klit frei und setzte dann das röchelnde Ende des Teils direkt auf ihren Lustknopf. Ihr ganzer Körper wurde von einem heftigen Blitz getroffen, der ohne Vorwarnung und mit voller Macht in ihren Verstand einschlug und ihn für einen Sekundenbruchteil außer Gefecht setzte. Ein langgezogenes O entwich ihrem weit geöffneten Mund.

Eric bekam augenblicklich einen Ständer, der sich fest gegen das Gefängnis seiner weißen Hose stemmte. Da lag eine sexy Frau auf seinem Behandlungsstuhl, mit der er schon immer gerne ausgegangen wäre, und ließ es sich von einem medizinischen Gerät *besorgen*. In seinen feuchtesten Träumen wäre er nicht auf die Idee gekommen, dieses Teil einmal in so einem versauten Einsatz zu sehen.

Emmas Erregung steigerte sich, angesichts ihres eingesaugten Kitzlers, blitzschnell in rasende Geilheit. Noch nie war sie so schnell von einem ersten Anflug von Erregung in wilde Ekstase befördert worden. Ihre Hände krallten sich in die Armlehnen, sie bäumte sich auf und erstarrte in dieser Position schwebend über der Lehne, wobei sie lauthals mit spitzer werdender Stimme stöhnte, die sich dabei immer wieder überschlug. Es ging so verdammt schnell, dass Emma gar nicht wusste, wie ihr geschah. Ein heftiger Höhepunkt streckte sie nieder. Sie zitterte, verkrampfte und schrie in kurzen spitzen Schreien ihre Geilheit heraus, als sie mit einem Mal kraftlos in dem Stuhl zusammensackte. Der Absauger landete polternd auf dem Boden. Sie keuchte schwer und nach Luft ringend, als sie dem Zahnarzt bedeutete, zu ihr ans Kopfende zu kommen. Eric tat es, stand schließlich mit seinem Schoß genau auf Kopfhöhe hinter ihr. Emma griff über sich hinweg und öffnete ungeniert seine Hose, um sein Prachtstück hervorzuholen, dass ihr schon willig entgegensprang. Sie nahm den harten Schwanz, zog ihn näher zu sich heran, überstreckte ihren Kopf und nahm das gute Stück in den Mund, um kräftig daran zu saugen. Eric zuckte zusammen, entließ ein tiefes Ächzen und entspannte sich dann.

So schnell konnte es gehen. Der unausgesprochene Traum der letzten Jahre ging hier auf unverschämt zügellose Weise in Erfüllung.

Emma lutschte und saugte an dem Schwanz und rieb dabei mit der anderen Hand seinen Schaft. Zwischendurch nahm sie seine Eier in die Hand und walkte sie vorsichtig.

Eric stöhnte seine Lust frei heraus. Er musste sich anstrengen, nicht gleich zu kommen, wer wusste schon, was diese versaute Frau noch so vorhatte, wofür sein Standvermögen gefragt war.

»Oh, Emma«, stöhnte er, und Emma schien zu erkennen, dass es besser wäre aufzuhören, bevor er kam.

So schnell wollte sie dann doch nicht zum Schluss kommen, auch wenn ihre stark angeschwollene Klitoris eine kleine Pause gebrauchen könnte. Sie ließ von dem köstlich schmeckenden Schwanz ab, streifte sich dann ihre Hose und den Slip komplett von den Beinen und drehte sich auf den Bauch, während Eric um den Stuhl herumkam und sich wieder zu ihren Füßen platzierte.

»Fick mich in meine FICKFOTZE!«, gab Emma von sich und erschrak selbst über ihre Wortwahl. War sie es eben, die diesen vulgären Begriff in den

Mund genommen hat? So hatte sie noch nie mit einem Mann – oder einer Frau – gesprochen. Was so ein heftiger Blitzorgasmus mit ihr anstellte, überraschte sie.

»Aber na klar! Davon träume ich schon so lange«, antwortete Doktor Schmelzer und zog Frau Stetter an den Fesseln weiter zu sich.

»Ich auch«, stöhnte sie.

Als Emmas klaffende Möse nass glänzend vor Eric lag, nahm er seinen Schwanz und stieß ohne Vorwarnung mit der Spitze in ihr vor unbändiger Erregung entspanntes Loch. Doch dann zog sie ihre Beckenbodenmuskeln zusammen, um seine Härte kräftig zu umschließen. Dadurch fühlte es sich für Eric an, als stieße er in ein Loch, so eng und fest wie ein Anus. Dennoch bewegte er nur seine Eichel in ihr, mit der er in kurzen Stößen vor- und zurückfuhr.

Emmas Stöhnen wurde rhythmischer und Eric fiel mit ein. Sie hob ihr Becken leicht an und Eric verstand, flutschte zunächst mit seiner Schwanzspitze aus ihr heraus, bevor er kräftig zustieß und sein Prachtstück in voller Länge brutal in ihr versenkte. Emma erstickte einen spitzen Schrei in ihrer Armbeuge. Eric grunzte animalisch. Er kam so tief, dass es Emmas Eingeweide zusammenzog, doch der leichte Schmerz befeuerte ihre Erregung nur noch mehr, die sich in kleinen Lavaströmen durch ihr Innerstes fraß.

Eric beschleunigte sein Tempo, fickte sie weiter in kräftigen Stößen in ihr nachgiebiges Fleisch, wobei immer mehr glitschiger Saft aus seiner Patientin floss.

Emma spürte, wie die Lava ihre heiße Möse flutete und auch aufwärts in ihren Verstand vordrang. Ihr Unterleib begann zu beben, ihre Scheidenmuskeln spannten sich rhythmisch an und gingen in ein heftiges Zucken über. Ihr Stöhnen wurde kehliger. Doch Emma wollte noch nicht kommen, kämpfte mit aller Willenskraft, die sie aufbieten konnte, dagegen an.

Eric griff nach einem Bohrer, entfernte den Bohraufsatz, der achtlos und polternd auf dem Boden landete, schaltete ihn ein und führte ihn an Emmas Anus, wo er vibrierend ihren Schließmuskel massierte.

Emma biss in ihren Handrücken. Es fühlte sich unglaublich geil an. Sie entspannte ihren After.

Eric verrieb etwas Speichel auf ihrem Hintereingang und schob den surrenden Bohrer vorsichtig in ihren Darm, so weit bis es nicht mehr ging.

Es zuckte nicht mehr nur in Emmas Möse, sondern auch in ihrem Arsch und es zog sie in einem rauschartigen Strudel in die Tiefe. Sie glaubte ihr Bewusstsein zu verlieren, als sich ihre Augen verdrehten, jetzt, da sie endlich ihre Selbstkontrolle aufgab und sich ein gewaltiger Orgasmus in ihr entlud. Sie bebte, zitterte und ihre Beine zuckten unkontrolliert im Takt ihrer Unterleibskontraktionen.

Am Boden des Strudels war ihr, als wäre sie kurz weg gewesen. Sie seufzte und stöhnte noch ein paar Mal, als die Lavaströme erloschen und Eric seinen Schwanz aus ihr herauszog.

Nur unter Aufbietung aller Kräfte, hat er sich zurückhalten können, doch jetzt wollte auch er kommen.

»Willst du abspritzen?«, fragte Emma schwer atmend, während sie sich auf den Rücken drehte und langsam zum Fußende rutschte.

»Ja«, stöhnte der Zahnarzt.

Emma hatte seine rotglühende Härte direkt vor sich, als sie ihn wieder mit ihrem Mund aufnahm. Er schmeckte herrlich nach Sex und nach ihr.

Es reichten einige kurze Saugbewegungen und Eric fuhr zusammen. Emma zog seinen Schwanz kurz aus ihrem Mund, damit sich die ersten Spritzer, die aus Herrn Schmelzer schossen, in ihrem Gesicht verteilten. Emma liebte das warme Zeug in ihrem Gesicht und den weichen Geruch, der von ihm ausging. Dann nahm sie seinen Schwanz wieder in den Mund, um die letzten Stöße aus seiner Eichel zu saugen und zu schlucken.

Eric vergoss den letzten Tropfen.

Emma ließ von ihm ab und wischte sich mit dem Papier, das die ganze Zeit um ihren Hals hing, das Sperma aus dem Gesicht.

»Okay, meinen nächsten Termin mache ich nicht erst in einem Jahr«, sagte sie und grinste frech, während sie in ihren Slip und die Stoffhose stieg.

Eric verstaute seinen Schwanz.

»Ich hätte nächste Woche noch was frei.«

»Ich nehme an, zur gleichen Zeit?«

Eric sammelte die Gerätschaften ein. Den Bohrer würde er sauber machen müssen. Aber in einem Anflug perverser Gedanken überkam ihn die Idee, dass er morgen dem ersten Patienten den Absauger einfach ungereinigt in den Mund stecken würde. Emmas intimer Geschmack im Mund eines Ahnungslosen. Das gefiel ihm. Verflucht, was hatte Frau Stetter nur mit ihm angestellt.

»Zur gleichen Zeit!«

Emma lächelte ein letztes Mal und verließ dann zutiefst befriedigt die Praxis.

Die Babysitterin ist wieder da

Emma stand vor ihrer Haustür, den Schlüssel in der Hand, bereit aufzusperren. Sie hatte Vivian gebeten, heute auf Josefine aufzupassen, da ihr Mann André auf einer Fortbildung in Wiesbaden war. Ihr Sohnemann Tim verbrachte das Wochenende bei seiner Oma in Hamburg-Harburg. Und da sie selbst endlich einmal wieder bei einem Mädelsabend war, hatte sie Vivian zum Babysitten herbestellt.

Vivian lag – wie so oft, wenn sie auf Josefine aufpasste – auf Tims Bett und blätterte in seinem unerschöpflichen Fundus an Sexmagazinen. Tim hatte ihr neulich verraten, wo sie diese finden würde, falls ihr bei der Arbeit einmal langweilig werden sollte; aber sie hätte sie auch ohne ihn gefunden, so neugierig und frech wie sie war. Und so war es heute ein willkommener Zeitvertreib. Das Magazin vor ihr zeigte Vorschläge für neue Stellungen, bot darüber hinaus Ratschläge zu Sexproblemen und offerierte erotische Kurzgeschichten. Sie las gerade die Geschichte von einer Hoteltesterin*, die auf ihrem Zimmer Spaß mit den Hotelazubis hatte. Eine Hand steckte dabei in ihrem Slip, während sie erregt über ihren Kitzler rieb.

Der feuchtfröhliche Mädelsabend war dieses Mal bis zwei Uhr nachts gegangen. Normalerweise endete ein solches Treffen voll enthemmter Hühner erst in den frühen Morgenstunden. Doch heute schien es, als wollten sich alle zurückziehen, um sich ausgiebig mit sich selbst zu beschäftigen. Emma kam die Idee, ihren Freundinnen beim nächsten Mal eine Orgie vorzuschlagen. Der Gedanke erregte sie über alle Maße. So war sie bereits mit einem feuchten Höschen losgefahren, und der reichlich konsumierte Alkohol hat sein Übriges dazu beigetragen.

Isabelle, die einzige Nüchterne von ihnen, hatte Emma nach Hause gebracht. Der vermeintlich freundschaftliche Abschiedskuss war dann doch mehr als nur freundschaftlich gewesen. Er hatte länger gedauert als sonst. Und auch die Tatsache, dass sie dabei ihre Zungen tanzen ließen, war nicht unbedingt üblich.

Die Stufen hoch zum Eingang ihres Hauses waren eine kleine Herausforderung für Emma gewesen. Doch jetzt stand sie vor der Haustür und versuchte den Schlüssel ins Türschloss zu stecken. Nach einigen Versuchen glitt er endlich ins Schloss. Sie sperrte auf und betrat leicht wankend das Haus.

Im Flur ließ sie ihre Handtasche achtlos auf den Boden plumpsen, gab der Tür einen Tritt, sodass diese knallend ins Schloss fiel, und streifte sich die kurze Jacke über die Schultern, welche dann ebenso achtlos auf dem Boden landete.

Vivian saß mit einem Mal kerzengerade im Bett. Ihr panischer Blick fiel auf Tims Wecker. Womöglich war der Mädelsabend von Frau Stetter schon vorbei. Schade, gerade jetzt war sie in Fahrt gekommen, und es hätte nicht mehr lange bis zu ihrem ersten Höhepunkt gedauert. Vivian stopfte das Sexmagazin unter Tims Kissen und verließ auf Zehenspitzen das Zimmer.

Frau Stetter entkleidete sich Stück für Stück im Gehen. Nachdem die Schuhe schon im hohen Bogen von ihren Füßen geflogen waren, begleitet von heiterem Kichern, öffnete sie nun ihren knielangen Rock an der Seite, der dann zu Boden glitt. Sie stieg heraus und lief unbekümmert weiter Richtung Wohnzimmer. Emma wollte nur noch aufs Sofa, der Weg ins Schlafzimmer erschien ihr in diesem Moment allzu weit.

Vivian betrat den Flur von der anderen Seite und sah gerade noch, wie Frau Stetter nur in Bluse und Strumpfhose bekleidet im Wohnzimmer verschwand. Auf dem Boden verstreut lag der Rest ihrer Kleidung.

Vivian lugte um den Türrahmen herum ins Wohnzimmer.

Emma hatte schon fast das Sofa erreicht. Sie schaffte es tatsächlich, sich ihre taillierte Bluse umständlich über den Kopf zu ziehen, anstatt sie aufzuknöpfen, und ließ sich dann plumpsend auf das Polster fallen. Sie ächzte erleichtert.

Vivian trat einen Schritt in den Raum.

»Hey«, grüßte sie schüchtern. »Ist alles okay?«

Frau Stetter drehte den Kopf.

»Ah, Vivian. Na klar, nur die Welt ... scheint ein wenig ... Karussell zu fahren«, erwiderte sie und legte ihren schweren Kopf auf der Sofalehne ab.

»Kenn ich«, sagte Vivian und ließ es sich nicht nehmen, Frau Stetter nur in Unterwäsche und Strumpfhose genauer zu betrachten. Und sie fand Gefallen daran. Das Sexmagazin und ihre eigenen flinken Finger hatten sie heiß gemacht. Vivian war aufgekratzt – daher war es wenig überraschend, dass sie Lust auf Sex hatte. Dass aber ausgerechnet ihre Chefin sie erregte, fühlte sich seltsam an. Aber irgendwie auch geil.

Vivian trat an das Sofa heran.

»Ach so?«, meinte Frau Stetter. »Du ... trinkst schon? Ach ja, Komasaufen, Vorglühen ... und so.« Sie klopfte auf das Polster neben sich. »Komm her, lass uns noch ... ein wenig plaudern. Mit diesen Umdrehungen im Kopf ... kann ich ... sowieso unmöglich schlafen«, sagte sie schleppend.

Vivian setzte sich verlegen, und daher aufrecht wie eine Internatsschülerin, neben sie. Frau Stetter zog sie nach hinten zur Lehne.

Was sollte Vivian jetzt sagen? Smalltalk führen? Dass sie einen harten Tag hatte? Beim Babysitten? Oder etwa, dass sie vor Geilheit schier platzte?

Emma fragte sich, ob es Vivian womöglich unangenehm war, dass sie hier halb nackt neben ihrer Arbeitnehmerin saß. Denn Vivian erschien in diesem Moment ungewohnt schüchtern. Ob ihre Freizügigkeit sie verlegen machte? Ach was, die jungen Leute heutzutage waren durch das Internet doch schon ganz andere Dinge gewohnt. Und bei dem Gedanken ans Internet und den damit gebotenen Möglichkeiten, Pornografie zu konsumieren, fragte sie sich, ob Vivian schon einmal homoerotische Erfahrungen gesammelt haben mochte? Emma wusste nicht warum, aber durch den Umstand, dass der Mädelsabend wie immer nicht nur feuchtfröhlich, sondern auch reichlich obszön und wenig jugendfrei war, fühlte sie sich wie berufen, Vivian genau nach diesen Tendenzen zu fragen. Jungfrau war Vivian zumindest nicht mehr, wie sie vor Tagen von ihrem Mann erfuhr. Und auch wenn Emma ordentlich getankt hatte, wollte sie das Thema Lesbensex nicht unbedingt direkt ansprechen.

»Magst du Tim?«, fragte sie daher zunächst unschuldig.

»Ähm, ja. Warum nicht?«

»Seid ihr euch nicht einmal kurz begegnet, als mein Mann neulich die Theaterkarten vergessen hat?«

»Nicht nur, wir waren doch vor kurzem zusammen beim ENTHEO Konzert.«

Emma schlug sich mit der flachen Hand leicht gegen die Stirn. »Ach ja.«

Vivian wusste nicht, wie sie mit der Situation umgehen sollte. Sie war erregt durch den Dauerkonsum von Tims erotischen Heften und dazu voller Neugier aufs eigene Geschlecht, seit sie beim letzten Babysitting die frivolen Bilder von Frau Stetter entdeckt hatte. Und jetzt saß ausgerechnet diese Frau – nur spärlich bekleidet – neben ihr. Sie hatte ihre Beine leicht geöffnet und Vivian kam nicht umhin, aus den Augenwinkeln auf die Wölbung von Frau Stetters Schamhügel unter dem dünnen Stoff zu starren.

Emma spürte eine neue Welle der Lust in sich aufsteigen. Lust, die ohnehin noch nicht ganz versiegt war, nachdem sie mit ihren Freundinnen unter anderem auch über die neuesten Sextoys referiert hatten.

»Haben dir ... meine Bilder gefallen?«, fragte sie die Babysitterin.

»Sie malen?«, entgegnete Vivian verwundert, da sie glaubte, keine Gemälde von Frau Stetter hier im Haus gesehen zu haben.

Emma musste lachen. Sie legte eine Hand auf Vivians Bein. »Ich meine die heißen Aufnahmen von mir.«

Vivian spürte etwas, das sie schon lange nicht mehr gespürt hat. War sie bereits so abgehärtet, oder warum war ihr bislang entgangen, dass eine simple Berührung so ein Feuer in ihr entfachen konnte? Frau Stetters Hand lag heiß auf ihrem Oberschenkel und ließ ihren Bauch vibrieren. Sie verfluchte sich, ihre graue Trainingshose angezogen zu haben. Ein Rock wäre jetzt spannender gewesen. Doch Vivian besann sich schnell eines besseren – Frau Stetter würde sicher nicht die minderjährige Babysitterin verführen wollen. Dann erst realisierte sie, was Frau Stetter eben gesagt hatte: Die Bilder. Scheiße! Hatte ihr Mann ihr also davon erzählt! Gab es denn gar keine Geheimnisse zwischen ihnen? Vivian wusste nicht, was sie dazu sagen sollte. Sie konnte kaum leugnen, dass sie ihre Chefin nackt und beim Einsatz ihrer Toys auf Hochglanzpapier gesehen hat – und dass es das erste Mal in ihrem Leben war, dass eine Frau sie sexuell erregte.

»Hat es dich angemacht?«, bohrte Emma nach. Das pubertäre Spiel begann ihr Spaß zu machen. Es forderte sie geradewegs heraus, das Mädchen zu verführen, und sie fühlte sich wieder wie ein Teenager – aufgeregt, unbedarft und unschuldig.

Vivian stieg die Hitze pochend zu Kopf. Ihr Bauch begann Achterbahn zu fahren und ihre Möse bildete die ersten Lustsäfte. Dennoch sollte sie jetzt etwas sagen. Aber alles was sie sagen würde, könnte dazu führen, dass sie ihren Job ganz schnell los wäre.

Vivian überlegte.

Herrje, es gefiel ihr, was sich hier anbahnte. Vielleicht war es auch nur der Umstand, dass sie sich in die Zeit zurückversetzt fühlte, als sie sich mit dreizehn Jahren nach dem Sportunterricht vom Turnlehrer auf dem Matratzenwagen entjungfern ließ.

Emma rutschte mit ihrer Hand unmerklich Vivians Oberschenkel hoch.

»Mich jedenfalls hat der Gedanke scharf gemacht, es könnte auch dich scharf gemacht haben, mich so zu sehen«, sagte Emma und schien vor Aufregung wieder etwas nüchterner zu werden. Der Teenager in ihr beschleunigte den Takt ihres Herzschlags. Sie lehnte sich etwas vor, um der Babysitterin in die Augen sehen zu können.

»Was für schöne Augen du hast. So blau, so strahlend, der Blick so neugierig.«

Sie nahm ihre Hand vom Schenkel der Babysitterin und strich mit den Fingerspitzen sanft um Vivians Augen herum.

Es kribbelte über Vivians ganzen Körper. So viel Zärtlichkeit hatte sie seit Ewigkeiten nicht mehr gespürt.

»Und dein sinnlicher Mund, deine geschwungenen Lippen, wie du lächelst, mit deinen schönen Zähnen.« Emma strich nur mit der Spitze ihres Zeigefingers Vivians Nasenrücken entlang und über diese hinab zu ihren Lippen.

Vivian öffnete sie leicht und atmete leise aus.

Emma befühlte sanft die zarte Haut von Vivians Lippen. Sie näherte sich ihrem bezaubernden Mund mit ihrem Gesicht, kam ihr dabei so nah, dass beide schielen mussten, um weiterhin in den Blicken des anderen zu versinken. Emma nahm dabei den lieblichen Atem des Mädchens wahr, sog ihn durch die Nase auf.

»Du hast meine Frage noch nicht beantwortet«, flüsterte sie.

Vivian sah Emma nervös und bis zum Zerreißen gespannt an und sprang mit ihrem Blick dabei von einem Auge zum anderen. Was soll´s, es gab jetzt ohnehin kein Zurück mehr.

Sie nickte. »Ja«, sagte sie leise.

Frau Stetter lächelte. »Ich habe es mir so sehr gewünscht.«

Sie fuhr erneut mit ihrem Zeigefinger langsam über Vivians Lippen.

Vivian öffnete den Mund etwas weiter, sodass Frau Stetter mit einem Finger Vivians Zungenspitze anstupste.

»Du hast mich also schon nackt gesehen«, sagte sie und strich dem Mädchen mit der anderen Hand flüchtig über die Wange. Sie hatte noch so unverschämt jugendlich weiche Haut.

Vivians ganzes Gesicht war wie elektrisiert.

»Ja«, hauchte sie erneut so schüchtern wie zuvor. Genauso musste sich Tim gefühlt haben, bevor sie ihn neulich zum Mann gemacht hatte. Wo war nur ihre Selbstsicherheit geblieben. Sie war doch stets diejenige, die den Ton angab. Sie sammelte ihren Mut und ging in die Offensive.

»Wollen Sie *mich* mal ... nackt sehen?« Ja, so kannte sie sich. Auch wenn sie eine gewisse Scheu verspürte, fast so, als genierte sie sich. Sie war erst siebzehn, sie hatte keine Problemzonen, wo war das Problem?

»Es gäbe nichts«, flüsterte Frau Stetter, »was ich jetzt lieber wollte. Wobei ...« Sie lehnte sich etwas zurück. »Aber dafür haben wir auch später noch Zeit.« Sie lächelte vergnügt.

Vivian wollte nach dem Saum ihres Tops greifen, als ihre Chefin sie zurückhielt.

»Stell dich vor mich.«

Vivian erhob sich vom Sofa und platzierte sich direkt vor Frau Stetter. Wohl etwas zu weit entfernt, denn Frau Stetter zog sie am Hosenbund näher zu sich heran. Vivian streifte sich jetzt ihr Top über den Kopf und warf es zur Seite.

Emmas Blick wanderte voller Sehnsucht über Vivians begehrenswert jugendlichen Körper, der der Inhalt eines jeden Männertraums sein musste. Kein Wunder, hatten doch weder Tim, noch André ihr widerstehen können.

Vivian öffnete ihren BH und streifte sich das schlichte weiße Teil von den Schultern. Sie hatte betörende, straff hervorstehende Brüste, genau eine Handvoll, mit kleinen steifen rosa Nippeln. Aber Frau Stetter wollte sie noch nicht berühren, riss sich zusammen, während sie spürte, wie ihre Säfte zu laufen begannen.

Das Mädchen weitete den Bund ihrer Trainingshose, schob sie sich bis zu den Knien und strampelte sie dann mit den Füßen zu Boden. Sie trug jetzt nur noch einen grauen Baumwollslip.

Vivian hielt inne. Die Achterbahnfahrt in ihrem Bauch nahm mehr an Fahrt auf, und die Loopings wurden größer und schneller.

»Süß, wie schüchtern du sein kannst«, sagte Emma und half ihrer Babysitterin. Sie fasste den Slip am Bund und zog ihn ihr wie in Zeitlupe von den schmalen Hüften. Zum Vorschein kam zuerst der sanft gewölbte und glatte Schamhügel, dann ihre ebenso haarlose Spalte, aus der frech ihre feucht glitzernden, kleinen Scham-lippen hervorlugten. Sie schob den Slip hinunter bis zu Vivians zierlichen Fesseln.

Jetzt war Vivian nackt. Zum ersten Mal überhaupt zeigte sie sich so einer Frau. Und ihre Nässe bahnte sich unaufhörlich ihren Weg nach draußen.

Emma nahm Vivians betörenden Duft wahr, den ihre feuchte Möse direkt vor ihrer Nase verströmte. Sie musste sich zusammenreißen, diese nicht sofort mit Küssen zu bedecken und zu lecken.

Emma lehnte sich stattdessen zurück.

»Es wäre unfair, wenn nur du nackt bliebest«, sagte sie, öffnete ihren schwarzen Spitzen-BH und legte ihn ab.

Vivian war erstaunt, wie schön fest Frau Stetters Brüste in ihrem Alter noch waren. Groß und rund standen ihre erigierten dunklen Nippel hervor.

Emma hob ihren Po an und schob sich die schwarze Seidenstrumpfhose mitsamt dem schwarzen, mit Spitze besetzten Slip von den Hüften und ihre Beine hinab. Dann streckte sie ihre Beine aus.

Vivian verstand sofort, hielt Frau Stetters Beine an den Waden und zog dann die Kleidungsstücke von ihren Füßen. Dabei bemerkte sie, wie sehr sich ihre Chefin um ihre Körperpflege bemühte, denn ihre Haut war nahezu so weich wie ihre eigene. Als sie ihre Beine wieder abgelegt hatte, fiel ihr Blick auf Frau Stetters rasierte Scham. Vivian fand ihre Chefin makellos. Glänzte sie sogar schon vor Nässe im Schritt?

Emma lehnte sich vor, legte ihre Hände zuerst sanft auf Vivians Hüften, strich dann ihre Seiten entlang nach oben und schob sie schließlich auf ihre weichen Brüste, die sie in ihren Händen wog und sanft drückte.

Vivian stöhnte leise. Sie grub ihre Hände in Frau Stetters volle Haare und begann, ihre Kopfhaut zu kraulen.

Emma tauchte ihre Zungenspitze frech in Vivians Bauchnabel, zwirbelte dabei zärtlich ihre Brustspitzen und strich dann mit ihrer Zunge über ihre bebende Bauchdecke. Vivian schmeckte sommerfrisch und Emma wollte gar nicht aufhören, leckte bis unter Vivians Tittchen, die sie nun fester drückend, kreisend massierte.

Vivians Stöhnen nahm an Intensität zu. Es fühlte sich definitiv an, wie ihr erstes Mal. Und es fühlte sich irgendwie moralisch verwerflich an – immerhin hatte sie Sex mit ihrer Chefin. Wobei, ihren Chef hatte sie auch schon an sich rangelassen. Vivian schaltete den Verstand aus und genoss es einfach.

Nachdem Emma ihre Hände über Vivians Bauch nach unten gleiten ließ, strichen sie jetzt über ihre schlanken Beine. Zuerst kraulend mit den Fingernägeln an den Außenseiten entlang, dann über ihre

Knie und zurück über ihre weichen, sensiblen Schenkelinnenseiten nach oben.

Vivians Möse sandte kleine Stromstöße aus, die ziehend durch ihren gesamten Unterleib schossen.

Die Nässe zwischen Emmas Beinen nahm immer mehr zu. Sie strich mit den Fingerspitzen flüchtig über Vivians nasse Schamlippen, verteilte etwas von dem Schleim und führte die benetzten Finger an ihren Mund, um von Vivians Körpersaft zu kosten. Sie leckte ihre Finger ab und stöhnte dabei leise.

Dann befingerte Emma erneut die rosig verlockende Körperöffnung zwischen Vivians Beinen. Sie zog zärtlich an ihren inneren Schamlippen, rieb und drückte sie, und teilte ihre Spalte, um das enge Loch dahinter zu begutachten.

»Du hast eine schöne Vagina«, sagte sie. »Wie viele Jungs waren da schon drin?«

Vivian wurde rot. War das eine Fangfrage? Was sollte sie darauf antworten. Nannte sie eine zu kleine Zahl, klang sie unglaubwürdig, wenn sie schon die halbe Familie im Bett und Schrank hatte.

»Hm, einige«, sagte Vivian diplomatisch.

Emma stupste mit der Fingerspitze in Vivians Loch, schob den Finger dann langsam zur Hälfte in ihren heißen Körper und ließ ihn sanft darin kreisen.

»Aber noch keine Frau«, stöhnte Vivian jetzt etwas lauter.

»Welch Ehre für mich.« Emma zog den Finger zurück und leckte ihn wieder ab. »Du bist das Leckerste, was ich je kosten durfte!«

Vivian errötete erneut. Ein dünner Faden ihres Saftes rann ihr Bein entlang nach unten.

»Du läufst aus«, sagte Frau Stetter und leckte ihr Bein ab, um alles aufzunehmen. »Dir gefallen diese Schweinereien also?«

»Mhm«, machte Vivian nur, unfähig in diesem Moment Worte zu bilden.

Emma näherte sich mit ihrem Gesicht Vivians Loch. Sie ließ ihre Zunge zunächst entlang ihrer glitschigen Schamlippen auf und ab gleiten und umschloss mit ihren Lippen den hervorgetretenen Kitzler des Mädchens, an dem sie zu saugen begann.

Vivian zuckte heftig zusammen, wäre dabei fast in die Knie gegangen, als sie das saugende Gefühl überkam. Sie stöhnte erschrocken auf.

Doch Emma wollte noch nicht so weit gehen, löste sich von dem Mädchen und drückte sie mit sanfter Gewalt nach unten. Emma machte ihre Beine weit auf und Vivian verstand die wortlose Aufforderung, streichelte zärtlich Frau Stetters schlanke Beine, bedeckte sie mit Küssen, leckte über die Innenseiten ihrer Schenkel bis hoch zu ihrem Schritt, der einen betörenden Duft verströmte, der Vivian an ihren eigenen Duft erinnerte und doch so anders war.

»Mach!«, ermunterte Frau Stetter die Babysitterin und spreizte ihre Beine ein bisschen weiter, sodass ihr Loch vor dem Gesicht des jungen Dings weit offen lag.

Vivian fuhr mit einem Finger durch den triefend nassen Spalt von Emmas Möse. Es war ein befremdliches Gefühl, aber auch so aufregend, weil neuartig. Sie tauchte einen Finger langsam in ihr zartes, weiches Fleisch, das bereitwillig nachgab. Vivian drang so tief ein, wie es nur ging. Es fühlte sich so herrlich warm an, und auch wenn sie sich selbst hin und wieder fingerte, war es das erste Mal, dass sie diese unmittelbaren Reaktionen bei einer anderen Frau wahrnahm, die sie so nur von sich selbst kannte. Frau Stetter begann ungehemmt zu stöhnen. Vivian wurde mutiger und schob zu dem Finger der einen, noch einen der anderen Hand in ihre Chefin. Sofort stieg die Atemfrequenz der Frau hörbar an. Vivian tat, was sie selbst gern mochte, zog ihre Finger langsam auseinander und dehnte somit ein wenig Frau Stetters Körperöffnung. Sie nahm zusätzlich ihre Daumen zur Hilfe und weitete das Loch so weit, dass Vivian direkt in Emma hineinsehen konnte. So hatte Vivian eine Fotze noch nie gesehen, und wie die Scheidenwände pulsierten. Ob ihre Chefin kurz vor dem Höhepunkt stand?

Emma nahm Vivians Hand und schob sie von sich weg. »Komm her.«

Emma drehte sich quer zur Sitzfläche und bedeutete Vivian, sich genauso ihr gegenüber zu setzen.

Vivian tat es.

Emma spreizte ihre Beine, nahm die von Vivian und öffnete auch diese. Ihre Mösen lagen offen voreinander. Sie verschränkten ihre Beine ineinander.

Vivian wartete gespannt, was Frau Stetter jetzt vorhatte, bis aufs Äußerste geflutet mit Glücksgefühlen und Sexualhormonen.

Emma rutschte so nah an Vivian heran, dass sich ihre klaffenden und nassen Mösen berührten. Sie legte beide Hände um Vivians Nacken und zog sie zu sich heran.

Vivian tat es ihr gleich und hielt sich an Frau Stetters Nacken fest. So hielten sie sich, pressten ihre Schöße gegeneinander und genossen das Gefühl, sich dabei so nah zu sein, als wären sie Mann und Frau, die fickten.

Emma begann, ihr Becken zu kreisen und dabei ihre Spalte druckvoll an der von Vivian zu reiben. Augenblicklich zog sich ihre Möse zusammen und erdbebengleiche Erschütterungen rüttelten an ihrem Verstand.

Vivian erwiderte den Druck, unterstütze die kreisenden Bewegungen und stöhnte hemmungslos laut auf, während von ihrer Möse eine Hitze abstrahlte, die ihren ganzen Unterleib in Flammen setzte.

In Vivians Stöhnen und das Schmatzen der nassen Mösen, mischte sich jetzt Emmas Seufzen und Ächzen, das ebenso zunehmend lauter und unartikulierter wurde. Ihre inneren Beben breiteten sich wellenförmig über den ganzen Körper aus, und es würde nicht mehr lange dauern, bis sie käme.

Für Vivian war es ein neues Gefühl der Stimulation. Gerne hatte sie beim Sex etwas in sich, doch diese feste, glitschige Reibung ihrer ganzen Scham, dieser umfassende Druck, war ein ganzheitliches Gefühl. Sie stöhnte schneller, würde nicht mehr lange durchhalten.

Ihre schier animalischen Laute fanden den gleichen Rhythmus und auch die gleiche, ungezügelte Lautstärke, als ihrer beiden Mösen zu pulsieren begannen.

Emma entfuhren kurze spitze Schreie, als ein Orgasmus von ungeahnter Intensität über sie hereinbrach und sie durchschüttelte.

Vivian quiekte, als sie ihrerseits ungewohnt heftig kam und die Flammen nicht nur in sich, sondern jetzt auch auf sich brennen spürte.

Die Beben ihrer verschwitzten Leiber übertrugen sich jeweils auf die andere und verstärkten so das gemeinsame Empfinden. Beide hechelten atemlos, als die letzten Wellen und Flammen ein finales Aufbäumen ermöglichten.

Vivian war jetzt gleich, mit wem sie da eben einen legendären Orgasmus erlebt hat, sie zog einfach Emmas Gesicht nah an ihres heran und drückte frech ihre Lippen fest auf Emmas Mund. Wieso küssten sie sich eigentlich erst jetzt? Emma stöhnte leise in Vivians Mund. Sie öffneten ihre Lippen und ihre Zungen drangen ungestüm in den Mund der jeweils anderen ein. Für eine gefühlte Ewigkeit verfingen sich ihre Zungen, wobei sie sich gegenseitig in den Mund stöhnten.

Als ihre Orgasmen langsam abebbten, lösten sie sich voneinander und fielen schwer atmend auf dem Sofa nach hinten.

»Du ... hast mich ... entjungfert«, keuchte Vivian atemlos.

»War mir ... eine Ehre. Und ... ein Vergnügen!«, sagte Emma schleppend. »Das nächste Mal zu dritt.«

Vivian verstand nicht. »Wie?«

»Na, hast du etwa gedacht ... das mit meinem Mann ... wusste ich nicht?« Emma lachte.

Und auch Vivian konnte nicht an sich halten und fiel mit ins Lachen ein.

»Okay, das nächste Mal zu dritt. Wieder ein erstes Mal.«

*aus dem Erzählband FREMDE LUST

Ebenfalls von Jan Werner erhältlich

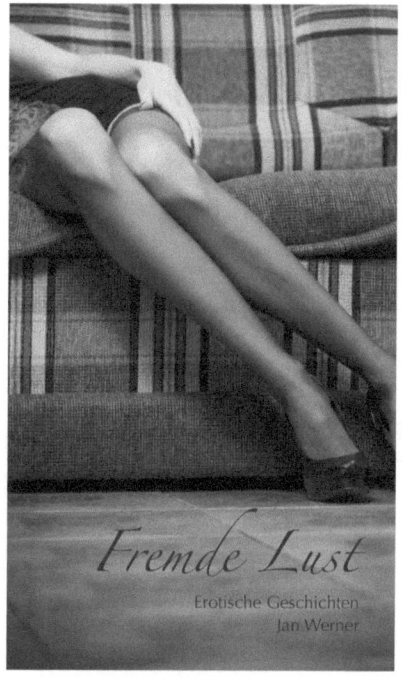

Schreiben Sie mir Ihre Meinung,
ich würde mich freuen!
janwerner@email.de

Zeitfracht Medien GmbH
Ferdinand-Jühlke-Straße 7
99095 Erfurt, Deutschland
produktsicherheit@kolibri360.de